小说家的散文

乔典运 著

我的小井

河南文艺出版社
· 郑州 ·

作者简介

　　乔典运（1929—1997），作家，河南南阳西峡人，曾任河南省作家协会副主席。1954年开始发表作品。著有长篇小说《贫农代表》《小院恩仇》《美人泪》《金斗纪事》等，中篇小说《黑洞》《问天》《多了一笑》等，短篇小说《满票》《村魂》《冷惊》等，长篇纪实文学《命运》，作品曾获全国优秀短篇小说奖、河南省文学艺术成果奖、《北京文学》优秀短篇小说奖、《小说月报》百花奖等多种奖项。

目录

辑二　观人

6

辑一 世说

妈妈

　　她是一位极普通的农村大娘，没有过轰轰烈烈的业绩，连救助别人的好事也很少做过。她太穷了，实在无力去接济别人，只有陪着流眼泪的人流眼泪。每逢有人讲自己如何英雄如何舍己为人时，她就会想起某年某月某日，一个要饭的来到自己家门口，锅里没有一口饭，屋里没有一把米，没有东西打发人家。想起这些她就脸红，叹气，觉着自己活得不像个人。村里人可不这样看她，都说只有她才是个真善人。吃食堂时，大家选她打饭，掌握勺叉。一天二两三两粮食，有时一两半两，分成三顿，又分到每勺里能有几粒糁子？掌勺的要想对你好，从锅里猛地捞一勺，便稠的多稀的少，不管别人死不死保你活着。要想坑你，从上面给你撇一勺，便全是清水没有稠的，别人活不活保你得死。她不，不论给谁打饭，打之前都会先在锅里咕咚咕咚搅一搅，搅匀了再打，人们喝到碗底相互之间比比，沉在下边的糁子都差不多。社员们说她

3

好,承她的情,她不领情,说:"我给你多打了?"有的干部去打饭,叫她别搅和,从锅底盛,她装作没听见,还照样搅,便说她是瞎子,她不认账,说:"给你少打了?"后来批斗她,说她不分好人坏人,不分敌人自己人,没有立场,没有觉悟,叫她检查,她怯怯地说:"我想……"质问她想什么? 她喃喃地说:"我想都是人!"

她有几个孩子,是用奶水汗水泪水养育大的。别的人家给儿女们痛说家史,说老的吃了多少多少苦,受了多大多大罪,他们才得活命,才有今天,叫儿女们铭记在心,别忘了报答父母的大恩大德。她不,虽然她吃的苦受的罪比别人大一百倍,她从来不给孩子们讲这些,她心里没想过叫孩子们报恩。孩子们叫她也讲讲,她指指院里树上的鸟窝,说:"鸟还喂子哩,当妈的不该养活孩子?"

她不讲,孩子们格外孝顺她。孩子们长大了,工作了,当官了。她还是照老样子生活,吃平常吃的饭,穿平常穿的衣,做平常做的活儿,说平常说的话,只是对乡亲们格外亲近几分。乡亲们说她好,不像有的人孩子在外边干个芝麻子大的事就烧得厉害。她说:"有啥烧,怕还怕不及哩。"她这是心里话,她怕孩子们当了官就变了,不像个人了。

一次,儿子捎回来一张竹子做的躺椅,她看了很不高兴,说:"买这干啥?"

儿子表白道:"你上岁数了,有时候累了坐坐躺躺方便些。"

4

她说:"我不要,想坐了有小椅,想躺了有床,你快拿走!"

儿子很为难,解释说这是最低档次的东西,不算个什么。她说:"别看左邻右舍只隔个山墙,我只要躺下去大腿往二腿上一跷,马上就变成十里八里远了,谁还和咱来往?"

在她的坚持下,儿子只好把躺椅拿走了。

过了几年,一天人们来给她报喜,说县里开人代会,她的儿子选上县长了。她没喜,心里倒像突然塞了块石头,他怎么能当县长? 他会当吗? 一天里捎了三趟信叫儿子回来。儿子以为出了什么事,散会后半夜赶回家里,见妈好好的,就急切地问:"妈,有啥事?"

她叫他坐下,怀疑地问:"听说你当县长了,真的?"

儿子说:"真的。"

"你能干得了吗?"

"这……"儿子笑笑不知怎样回答。

"这可不是玩的,你要觉着自己没这个能耐,赶紧回去给上级说说辞了,别误了公家的大事!"她说得十分恳切,看着他。

"我学着当,尽量当好。"他看看她眼睛里的焦急不安,便低下头不敢再看了。

这天夜里,娘儿俩睡在一起。他睡着了,她可没睡着,她一直想到天明,想些什么她也说不清了。

儿子要走了,问:"妈,还有啥事没有?"

"妈没能耐,你们从小跟着妈没享过一天福。"她突然双手拉住了儿子,眼泪扑扑嗒嗒流下来,呜咽着说:"你当县长了,妈也不求享你的福,妈只求你一件事,别叫人们提着你的名字骂你妈,行吗?"

"妈!"他不由得也流下了眼泪,心里好酸,"妈,我报答不了你的恩情,要再叫人家骂你,我还算你的儿子吗?"

他走了,去当县长了,妈的话片刻不停地伴着他,一年一年地过去了,人们都说他是个好县长。每当他听到颂扬之词时,他就想,我真有这么好吗? 小心,别叫人背地里骂我妈妈。于是,他就更加严格地要求自己,时时检点自己的一举一动,工作做得更好了,对群众更亲近了。

人们只知道他好,不知道他有个好妈妈,没有人颂扬过她。

一九九三年

6

莫忘了自己

人，什么都可以忘了，但千万别忘了自己有几斤几两重，忘了就会自找没趣，自讨烦恼。

这件小事本该忘了，偏偏想忘却忘不了。

多少年前，因为上级说了知识分子也是工人阶级一部分，我便沾了光，叫我当了一个单位的兼职副主任。据说，这个单位的权力很大很大，大到什么程度，别人看不见，我也试不着。反正，我很识抬举。我当了，还很高兴，也很积极，只要通知我，我就去开会，开会时就发言。这个单位的头头是个好人，这个单位的同志也是好人，都把我当个人看，这样，我才从那个不把人当人的年代里走过来。大家把我当个人看，我就很感动，外加感激。

有一天，我兼职的这个单位通知我，说武汉总医院来了高级医生，给县里领导检查身体，叫我也去检查检查。我想我的身份不够格，我不是领导，挤到领导群里不合适，会前不是后不是、左

7

不是右不是,怪尴尬的。我坚决谢绝了。谁知这个单位的头头们都不同意,咬住说我也是领导,说我要不承认自己是领导,就等于否认他们的领导地位了。这样我就不好再拒绝了。于是,第二天我吃了早饭就去了。这个单位的一个副头头把我领到了老干部局,说:你在这里等着,轮着你了,通信员会来通知你,会领你去的。我就在那里老老实实坐着,嘴里不好意思说什么,可心里笑得很凶,没想到我这个人也成了领导,永世不得翻身的人也翻了身,真是交上了好运。心里的笑一定反映到了脸上,有人问我喜什么,我脱口而出说了一句:社会主义嘛,有啥不值得喜的?

    我坐了一会儿,通信员来了说叫我去,当然不是传叫,是叫了一声乔主任,说乔主任,轮着你了,请你去。又是乔主任,又是请,这称呼这请字都使我差点忘记自己姓啥名谁了。我跟着通信员去了,看病的地方在后面楼房的一个套间里。从老干部局到那个套间要经过一个球场,经过几排房子,大概有二百米远。我走过这二百米,好像从这个天地走到另一个天地,从地狱走向天堂了。这是走向一个很崇高的地方,崇高得令全县人民仰头张望。因为这不仅是检查身体,这里是只有领导才能检查身体的地方。我走在这二百米的路上,心里在翻江倒海,我想到了才过去的黑夜,千百次的斗争,还有挨打和屈辱。忘不了那个可怕的夜晚,绳捆索绑还嫌太松散,背上又搋进几块板子柴,跪在尖利的石子上,然后是踢是打,散会时身上七处流血,血把双眼都糊住了。还有,十

8

冬腊月冰天雪地,不准生火,不准吃熟食,一家人整整吃了一个月生红薯,回归到原始人的时代了。没想到曾几何时我又成人了,还是个层次不低的人,就要和领导们在一块儿检查身体了,真好!真好!一切都真好!心里一热,眼泪就流出来了。男儿有泪不轻弹,挨打时没流过泪现在流了。人都是敬怕的,没有打怕的。我这不轻流的泪流了,大概也是敬出来的。我走在这二百米的路上,像蹚过了一条清澈晶莹的小溪,洗净了浑身的屈辱,洗去了满腹的怨气。那个身心累累伤疤的旧我荡然无存了,我仿佛得到了新生,阳光照到了心里,面前展现出美妙无穷的春光。滴水之恩,当涌泉相报,何况这是把鬼变成人的大恩,再也没有什么杂念了,一心只想着如何奋起报恩了。

终于到了那个楼房,进了那个套间。医生在里间看病,外间放着许多沙发,坐了不少人,有全县最高领导,也有够格的领导,还有不是领导而是领导亲朋的一般人,这一般人中有比我还一般的人。我瞅了个空位,坐到了沙发上,等着叫我去里间检查身体。我刚刚坐下,一个具体负责的人就看见了我,很不满地看我一眼,接着就问我:"你来干什么?"我回道:"来检查身体。"他板起了脸,冷冷地说:"今天不中,今天领导们检查身体!"我的头轰一下炸了,可我还不死心,我还存一线希望,我认为那位最高领导会纠正这个负责人的话,因为那位最高领导听到那个负责人的话,谁知那位最高领导什么也没说。这时候满屋子的人都盯住了我,盯得我心痛,我失望了,绝望了,我站了起来,匆匆逃出了那个套间,不轻易流泪的眼又流泪了。

后来的结果就不用说了,本来好好的身体,从此得了个心绞痛。每当痛时我就想:一定要记住自己几斤几两重,别再忘了自己是何许人也!

一九八九年五月

耳朵

耳朵，是专司听的，人人都有，还是两个。按说，一个就足够用了，为什么要长两个？请教智者，智者说是为了对称。有理，再一想，又觉欠理。嘴只一个，不对称，不也挺好看吗？要是为了对称，额门再长一个嘴，不仅会把地球吃光了，还会把天下说乱了。看起来，不是为了对称，到底是为什么呢？

对于耳朵，历来没有好评。古人今人形容女子的美丽，形容男子的英俊，都是歌颂眼歌颂鼻子歌颂嘴，连胡子眉毛都在歌颂之列，唯独没见过、没听过歌颂耳朵的文字和话，可见它不登大雅之堂。当然，也不能绝对化，偶尔也有过一次半次，如形容刘备大富大贵，就形容他两耳垂肩。闭上眼想想，这是美化吗？两个又肥又大又长的耳朵耷拉到肩膀头上，不成了猪八戒吗？不把吴国太吓个半死才怪，别说和孙尚香成其好事了，只怕李尚丑也不干，只能掏个千儿八百买个哑巴婆娘了。一定是谁对刘备有刻骨仇

11

恨,看他是皇爷,怕他报复,就变着法儿以褒代贬来丑化他罢了。

耳朵,自知地位不高,就长在脸的后面,头发的下边,可以说是藏在阴暗角落里。趁人对它不注意,它就阴谋得逞,不论三七二十一听个不停。它不像眼睛,主人不想看了可以合住;也不像嘴巴,主人不想说了可以闭上。耳朵这玩意儿主人管不住,只有开的闸,没有关的闸,只要醒着就听,不管主人愿听不愿听它都听,不论什么声音都听,不论好坏都听,只要有声音它都听。耳朵最大的优点是勤快,勤快得烦人、害人、杀人。有时,没啥听了,歇一会儿清清净净多好,偏偏它不耐寂寞,就千方百计去打听,找着听,好像不发挥自己的作用听点什么,就觉着被冷落了,就觉着自己白长了,耳朵就不算耳朵,你看看它这个贱劲。听就听罢,反正长耳朵是图听的,有什么听什么就得了。可是,它偏偏不,听真的老觉着不过瘾,听该听的老觉着不解馋,总想听点假的才美,总想听点不该听的方显得自己有本事。不爱听君子之言,听君子之言就无精打采地耷拉着,故耳朵之大敌是君子。专爱听小人之言,听小人之言就精神焕发地支棱着,故耳朵之密友是小人。它不仅爱听窃窃之语,还悬下赏赐要听吹捧自己的和骂自己的,听了就信以为真,喜怒由此而起。你听我听他听,便听出了许许多多是是非非,就猜疑,就恩仇,不知造成了多少人间悲剧。古有定论,耳不听心不烦,可见人间烦恼事皆来自耳朵,可见耳朵之害大矣。本该对它加以挞伐,可是事到临头它又逃之夭夭,反而嫁祸于嘴,

12

叫嘴替它受过,说什么"祸从口出",才"怒从心生"。一派胡言,耳不进口怎出?自古以来给嘴巴造下了多少冤假错案,嘴虽能说会道,却从不埋怨耳朵一句,耳朵被解脱得干干净净,于是逍遥法外继续无休止地听下去,继续当它的惹祸根苗。

耳朵既是惹祸根苗,为什么还要生两个?是造物主怕人间多了欢乐,故意给人间多添些烦恼?百思不解。求教于禅者,禅者笑曰:"汝不闻'这个耳朵进,那个耳朵出'之说,进去了,又出来了,就没有了,何来是非烦恼?"我才大悟,原来是造物主恩典,怕一个耳朵只进不出才长两个耳朵。如果只进不出,一定是有一个耳朵堵塞了,须从速到医院诊治。

想到此,我就到医院五官科专治我的耳朵了。

一九九一年十一月

友情战胜癌症

几年没写东西了。想写,写不动了。两年工夫,连着得了三个癌,咽癌、肺癌、淋巴癌,忽然之间成了癌症专业户。

到了这个时候,心里生出许许多多后悔。最大的后悔是没有珍惜过去。现在才知道健康是最最可贵的,是最最幸福的,有了健康想干什么都能干。我写作四十多年了,年轻时有劲写却写不成,那个年代只要能活过来就谢天谢地了。一九七九年以后,文学终于迎来了春天。春天是美好的,应当是发奋干活儿的季节,可也会使人懒洋洋的。我就是让懒耽误了好时光,总想着不急,慢慢来;想写的没写,只想着明天再写,明年再写,竟然忘了一个真理:只有今天才属于自己,明天是谁的——天知道。我终于迎来了昨天的明天,也就是今天,万没想到我的今天竟是属于癌症的。时至今日,我才认识到昨天的可贵,昨天要是抓紧一点,把能写的东西写出来,今天就会少了许多后悔。

连着得几个癌症，按常理说，会使我感到悲凉，会使我陷入阴暗。恰巧相反，这几个要命的癌症，使我看到了春光，使我感到了温暖，使我想拥抱这个世界。说这种感受之前，先说我这个人。

我是个草木之人，没有多少文化，只上过简师，相当于现在的初中，当初学习写作，全是生活所迫，走投无路才爱上文学。写了几十年，实际上没写出多少东西，没写出过传世之作，到今天仍是个业余作者，作品也只有业余作者的水平。论社会地位，只当过几年县文联主席。文联只有三个人，那两位都比我有才华有本事，说不定将来会出个托尔斯泰一般的人物。我的性格也倔，不会拉关系，没结交下三朋四友，更没有攀高结贵。说这些都是为了证明我是个草木之人。现在，能给别人办好事就香，办不了好事能坏别人的好事也香，我两者都不沾。我家住在县医院门前，常常看到听到一些让人寒心的事：某某人住院了，病重，昏迷不醒，没人来打个招呼，过两天轻了，不碍事了，马上车水马龙，川流不息的人来探视；某某人住院了，小病，人群前呼后拥争着探视，过几天病重了，眼看不中了，病房里连个人毛都没了。老婆常给我讲这些眉高眼低的事，我听了就像凉水浇头。我说革命不分先后，不管人家是先去看后去看，总还有人去看了，只怕咱要到这一步没先人也没后人。寒心的事看多了便心寒了。

没有料到的和料到的事发生了。自从得了癌症，朋友不是少了而是遍天下了。前前后后在郑州住了两年医院，南阳文友和朋友们几次去看。他们都是穷文人，去一趟郑州很不容易，不仅送去了心意，还送去了钱和物。郑州文艺界的朋友更是无微不至，几次手术时，朋友们都在手术室外面等着，看着我平安出来才回家。住了几百天，天天都有朋友去看我，陪我说闲话解心焦，给我买想吃的东西，给我拿去了书报。这些朋友在文学创作上都比我有成就，都是我的老师，有不少还是我的领导。一日复一日地去看我，看一个过去对他们毫无帮助的人，看一个得了绝症不知道明日死活的人，这是纯粹的友情绝对的真情。每当他们走进我阴冷的住室，我都感觉到阳光来了，春天来了。我像走进绿色的草地，看见水牛在悠闲地吃草，小鸟在牛背上跳跃唱歌。眼前出现了大片盛开的桃花，比火还红……心底不仅忘了癌症，还升起了青春的活力，就像小孩看见了鲜花一样兴奋，感受到了生命的可爱，生活的可贵。

四面八方给了我活的希望，生的乐趣。县里市里，平时来往过的和没有来往过的领导，三番五次到郑州看我，到我家看我。他们费了好大劲才找到我住的那个阴暗角落，给我送来了厚厚的情谊。现在治病简单，有钱自有好药，没钱一片药也不会让你白吃。治病靠的是医院是大夫，可是得先有了钱，医院才让你靠、大夫才让你靠。县里经济很困难，在很困难的情况下解决了我治病的困难，也就是掏钱给我买了条命。说到这里，忘不了中国作协和中华文学基金会，张锲同志代表他们写来了信，寄来了友情，寄

16

来了补助。作家协会和中华文学基金会是为作家服务的，可是竟然服务到我头上，服务到一个深山老林的业余作者头上，使我深受感动。一位南阳领导现在调来省里，他去看了我很多次。他说，老乔，每次来看你，你这里都有朋友，活到这个份儿上也真够味了。是的，直到今天，我回到了远离城市的家里，朋友们或者电话，或者书信，或者长途跋涉来看我，一次一次，不为别的，就是为了让我挺住，让我活下去，让我多享受几天灿烂的阳光，多过几天美好的生活，一个被真情浸透了的人，我一定不辜负浸透了我每个细胞的真情，活下去，坚持活下去！既然一个癌两个癌三个癌都挺过来了，四五六个也会顶住闯过去！

干了几年癌症专业户，洗净了我的心，洗亮了我的眼睛。原来我们的社会这么美好，虽然有不尽如人意处，可是处处有真情，人人有爱心，阳光洒满了大地，大地盛开着鲜花。

我无力回报朋友们的关爱，我知道朋友们关爱我时从无想到我的回报，我心里却时时在呼喊：朋友们，我欠你们的太多太多了，我没有别的，我只有热爱你们，永远！我期盼着早一天重新拿起笔，写出这份友情真爱，写出美好的生活！

一九九六年

自祭

　　大年下，写这个有点不祥之兆。不过，中国有句名言，一咒三年旺。两下一抵消，也就逢凶化吉了，又落个太平了。

　　参加了几个追悼会，听了给死者写的祭文，总算明白了一个真理：想样样都好就得死了。祭文和祭品一样，祭品都是好东西，祭文都是好听话。生前再穷，死了供桌上也是摆上八大碗肉菜；生前再不怎么样，祭文里也全是大大小小的成功和大大小小的功劳，和肉菜一样香喷喷的。死人吃的听的都挺好，确实挺好。只可惜他不会吃了也听不见了，只可惜能吃能听的时候吃不到听不到，就凭这一点，死人也够悲凄了。

　　我常常想到了死，想到好吃的八大碗和好听的评论，嘴里就流涎水，耳朵里就痒痒，就想生前受用受用。我把这意思说了，作家张宇就说，好办，我给你来一篇，来个活祭。只当是句玩笑话，不想张宇当真了，真来了一篇，说最近就会发在某某杂志上，还问

18

我会不会生气。我说，承情都承情不及，怎么会生气？张宇问我想写些什么，我说，这不是问死人吗？被祭的人过问祭文的事天下还没有过，我自然不会开这个先例。

张宇写了什么，我全不知道。不过，这是很难写的，因为，我的一生没有成功和功劳，没有辉煌和得意，不过是一片被大风吹落的枯叶，刮在路边任人践踏，落在河里随波漂流，几天工夫就朽化了，就没有了。

一九九五年一月

想

　　想，只要是活人就不能不想，不断头地想，什么都想。能办到的想，办不到的也想;想自己的，也想别人的;有正正经经的想，也有胡思乱想。再坚决的人也无力叫自己不想，更无力叫别人不想。想，统治着人。你想，我想，他想，便想出恩恩怨怨，便想出了是是非非，想来想去便搅得人间不得安宁。

　　想想，世上的事情难说明白;想想，世上的事也明白得很。不明白也就明白了，明白了也就不明白。

　　就说武汉在何方吧，河南人说它在南，湖南人说它在北，四川人说它在东，江苏人说它在西。它究竟在何方? 它本身不在东南西北，它就在它存在的地方。说它在东南西北，谁对谁不对? 都对，也都不对。如果四个省的人都说自己判断得正确，都说对方判断得错误，为此而争个你高我低，便成了天大的笑话，要是再为此而结下了仇气，便是自己折自己的阳寿。自己的看法是真理，和自己相反的看法不一定就不是真理,这样想就有了宽容之心,就省了许多是非非,活得也轻松了。

我们县城有个疯子,无儿无女更无妻室,春夏秋冬穿个烂棉袍,披头散发,不吵不闹,嘴里不断地喃喃着什么,天天去拾垃圾。我年轻时见他是这样,我老了见他还是这样,当年不见他小,如今不见他老。我常想,他过着这般凄苦的生活,为何能如此长寿?我偷偷地观察了几次,发现了秘密,他什么话也没有,只反反复复喃喃着一句话,"看不美可美,看美可不美",或是"看对可不对,看不对可对"。这两句话颇有禅味,我悟了又悟,悟出了一点味道:他会想,便长寿。我悟了再悟,又悟出了一句话:看疯可不疯,看不疯可疯了。

想,有穷想,也有富想,也就是往上想,或是往下想。想的方向不同,便有了喜怒哀乐的不同。我常想,如果面前有一大笔唾手可得的外财,我会怎样去想?我会想:不拿白不拿,别人都捞美了,今天可轮到老子了。美极了,盖一座漂亮无比的房子,当然得贴上高级壁纸,铺上地毯,不要化纤的,得是纯毛地毯,再安上锅炉暖气,还要装上空调,不要国产的,得是进口的,冬暖夏凉四季如春,各种高档家具就不用说了,要一应俱全。然后呢?天天羊羔美酒,拥着朝思暮想可人如意的情人,寻欢作乐,要多美有多美。想着想着就飘飘欲仙了,我就伸长了手拿回了这笔外财。我还会想:外财不富命穷人,世上没有不透风的墙,要想人不知,除非己莫为，一朝露了馅，绳捆索绑拉进公堂，住进阴暗潮湿的牢房，还要抄家赔偿，弄得家破人亡，妻离子散，身败名裂，自己便成了千夫所指的罪人。然后呢？拖着沉重的镣铐，一步一步走向刑场，在万众欢笑中一声枪响，便跌进了地狱。这样想了，我就会缩回手不取那笔不义之财。把疯子的话，稍改一下，便是"看天堂可是地狱，看地狱可是天堂"。进天堂或下地狱只是一念之差，只看这一念怎么念了。当然，除了想进天堂和怕进地狱之外，我还会有普通人的想法，财富与粪土全系身外之物，清贫即安乐，富贵皆祸患，对那笔外财便视而不见，继续去过淡淡的日子，这才是人的想法。

想，是门学问，很深的学问。一位又年轻又才华横溢的友人，对各色人等都给以甜蜜的微笑，通过这微笑，把爱注入对方心中。这友人听说我烦恼多于欢乐，就写信教我道："生活本身没有情绪，你想它有多沉重就有多沉重，你想它有多轻松就有多轻松，全看你怎么想了。"还说这是秘方，灵验得很，劝我不妨一试。为了不负一片爱我之心，就寻找机会一试。

一次，我出远门托人买了张汽车票，好票，二号。我入座后很高兴，虽然自己不能坐小车，但也颇有几分优越感，因为坐在几十人的前面。我正在扬扬自得，忽然腿上被人踢了一脚，抬头看去，是一个五大三粗的汉子，我问他："干啥？"他指了指后边，说："你去坐后边，我好晕车，咱俩换换。"先踢我一脚已经够欺人了，又提出了无理的要求，我气。我要反抗还没来得及反抗，售票员就说："学学雷锋嘛!"说着对那汉子窃窃一笑。那汉子横眉竖眼地瞪我，售票员说的有理，那汉子又浑身有力，我自量不是对手，就愤愤地去后边坐了。我看那汉子一路上和售票员有说有笑，不像晕车的样子，就憋了一肚子怨气，又无可奈何。这时，我忽然记起那位友人教我的话。我就想，我要不换，定有一番争斗，惹那汉子恼了戳我一刀，轻则流血，重则送命。于是我就后怕，我就觉得自己英明正确，我就庆幸自己救了自己，心里不但一点不气，还自得其乐，还想笑。从此，我就信奉那位友人的话，沉重或轻松和生活本身没有多大的关系，全看自己如何去想了。

想，既然无力不想，就要好好想。面临灾难时，要想想假若是更大的灾难，就会对面临的灾难不以为灾。面临幸福时，要想想假若是更小的幸福，就会对面临的幸福加倍欢乐。要通过想给自己找来欢乐，不要通过想来自我折磨，这样就少了几分痛苦，就多了几分欢乐，世界上就充满了爱意，少了许多敌意。当然，这是无力者的想，无力者就要有无力者的想。无力者要从有力者的角度去想，就苦了，就永远不会有欢乐了。

感谢友人教我如何去想。

一九九三年

争爱

这事在心里放了很久,老不是个滋味。

冬日的一个下午,很冷,没有了客人、外人,我和老伴还有女儿围着火盆烤火,说着家常话,很是爽意,心里暖和和的。这时,小孙子长河从楼上下来了。他才一岁半,走路还不太稳当,穿着厚厚的棉衣,活像个不倒翁,一摇一晃的,格外逗人喜爱。看见了他,几个人齐声欢叫:"长河,来!"

他侧侧歪歪跑过来,扑到我怀里,伸出小手学着大人的样子烤火。大家停了闲话,逗他取乐,叫道:"长河,唱个歌听听。"

他眨巴眨巴眼,张开小嘴唱了。

"世上只有妈妈好,有妈的孩子是块宝。"

我心里起了一丝醋意。他爸妈天天上班,他们走了,他就脚跟脚地缠住我,我写字,他夺笔,我看书,他夺书,逼着我和他做打仗的游戏。我只好顺从他,拿起两支玩具枪,他一支,我一支,两个人"叭叭叭"地对打。现在坐在我怀里,还唱"世上只有妈妈好"。我瞪他一眼,问他:"世上只有谁好啊?"

他看了看我,马上改嘴了。

"世上只有爷爷好,有爷的孩子是块宝。"

我笑了,心里甜甜的。老伴不乐意了,拉过他,佯装生气的样子,问:"谁好啊? 谁给你做好的吃? 谁给你擦屁股? 谁给你抹香香?"

他看看奶奶,又改嘴了。

"世上只有奶奶好,有奶的孩子是块宝。"

老伴笑了,说:"就是嘛,你妈天天上班她管你了?"

女儿从口袋里摸了半天,手伸出来是攥着的,在他面前晃了几晃,说:"长河,你猜猜姑姑手里是啥?"

"糖! 糖! 给我,给我!"长河扑了过去,掰姑姑的手。女儿问他:"说,世上谁最好,说了姑姑给你。"

他一面夺糖,一面又唱了。

"世上只有姑姑好,有姑的孩子是块宝。"

大家满意了,笑得前俯后仰。这时,媳妇从楼上下来了,长河挣脱姑姑,扑向了他妈。大家争着对她讲,夸奖长河聪明,脑子灵活,小小年纪就会变着法儿讨人喜欢。媳妇也笑了,说:"真的?"大家说:"可不,不信你问问他。"媳妇就抱起长河,说:"再唱唱,世上只有谁好?"

他又唱了,唱得更高兴了。

"世上只有妈妈好,有妈的孩子是块宝。"

"啥呀? 世上谁好呀?"我问,老伴问,女儿问,"说,世上谁好?"

他的小眼睛瞪着大家,一股不服的神气,说:"世上只有妈妈好,世上只有妈妈好……"

媳妇搂紧了他,笑着教他:"说,世上只有大家好,说呀!"

他偏不,好似有了仰仗,大声叫道:"世上只有妈妈好!"

大家笑了。

老伴说:"我算白伺候你了。"

女儿说:"我的糖算白叫你吃了。"

"别逼了。"我说。

大家笑得流出了眼泪。炭火还在熊熊燃烧。我忽然一阵心痛,忽然一阵发冷。一岁半的孩子就这样,几十岁的大人呢?

这就是爱吗?

一九九二年二月

26

伪祸

伪者，假也。如今有黑心的人，专造伪劣产品，坑害百姓。大至名烟名酒，小至汽水饮料，都是假货。人们一不小心，就会吃亏上当，就是小心加小心，也难免吃亏上当。有人气极了，说得很刻薄，说现在啥不是假的，除了妈不是假的，连爹是不是真的都得画个问号。这话也太绝对了，太偏激了，我不同意，真的还是比假的多，到如今为止，还没听说谁造过假卫星假火箭假原子弹假飞机假火车假人，等等，可见真的还是占多数占大头。

处处有假货，步步有陷阱，吃亏上当的人天天都有。不过，我没上过当。窍门是自己从来不买东西，买东西的事全包给了老婆，有当叫她去上。一次，她买了十斤蜂糖，很是得意，说，便宜，才三块五一斤。我一听就知道坏了，一定叫人捉了大头。她不承认，说卖家是乡下人，人很老实，赌咒发誓说是真的。她不但相信货是真的，还相信人也是真的。后来经过尝试，经过行家，是白糖兑玉谷面熬的。老婆没话可说了,还恍然大悟说,过去只知道城里人能,坑人,没想到如今乡下人也会了,接着就骂那卖蜂糖的人不是人,好像一点也不怨自己。一家人不以为然,就指责她是贪图便宜才上的当,要不是自己想占便宜,咋叫别人占了便宜。老婆想想也是,说以后可不买便宜东西了。

不占便宜就不吃亏上当了?也不中。老婆还是不断地买来假货,不过全是些小东小西,值不了几个钱,家里人先是埋怨她,后是取笑她傻,从不认真计较。老婆受了奚落,就抗议了,说,你们能,你们去买几次试试。说是这样说了,买东西的还是她。不过,我也想了,我要去买东西,一定不会上当,我不信卖假货的人比我能多少。一次,我领了钱叫老婆去存。老婆去银行存钱,钱给营业员了,就是不给她开存款单,说叫她等等,她就等着。一会儿,来了一辆小汽车,从小汽车上下来几个人,叫我老婆上车,说,走,咱们去谈谈。我老婆迷糊了,说,我存款又没碍住谁啥事,叫我去哪里,说什么?来人说,你这钱里面有张五十的是假钱,是从哪里弄的?老婆是个家属,没经过这阵仗,认为是要抓她的,吓坏了,便抬出了我的名字,说这钱是乔典运给我的,你们要谈去找他谈。县里人待我不薄,相信我不会造假钱,才给她开了没收证明放她回家。她回到家里,除了心有余悸还要笑我,说,平常笑我买假货,可好,你恁能的人连钱都分不清真假。我照例不承认自己有错,反说屁大个事,你就开口供出了我,要真是什么大事,你不把我卖了。老婆无言了，不过，家里人挺心痛的，五十元呀，够割十几斤肉，够扯一身衣服的布，问我是谁发给我钱的。我不说，我找发钱的人算账我不忍，我说，发钱的同志比咱们困难，不就这五十元吗，总比失火烧了强，总比叫人抢了捅一刀强。这么一说，一家人全释然了。还有一次，去县医院买药，夜里营业员找上门，说给的十块钱是假的。我二话没说，又给了她十块钱。这位营业员很感动，说别人也给过假钱，找去换不承认了。我说，你一天工资才几个钱？这位营业员原来不认识，以后见了很亲热。我对这十块假钱还是很感激，十块钱换了一颗友爱的心，值得。

原来我还认为自己不算能，至少也不算多憨，经过这两次假钱事件，我才发现自己没有比造假的人精。不在于被骗被坑了多少钱，而在于证明了自己也是一个真假不分的傻瓜。我很气愤，便加入了对伪劣产品不满的队伍，常常发牢骚，恨假。有一次和一个同志在一块儿又骂假，这位同志笑而不言，听我骂够了，才说，伪劣产品可恨，还有比伪品更可恨的，比伪品的危害更大的伪。我问是什么，他说，伪话。他举了很多例子，五八年亩产几千斤几万斤粮食，一个小土炉日产几十吨几百吨的钢铁，还有在"文化大革命"中遍地是特务，满眼是敌人，对国家对民族对人民造成的危害比伪劣产品大一千倍一万倍，这些全是伪话，如今伪劣产品多是多，党反对、政府反对、人民反对，过街老鼠人人喊打。还有工商局管，还可到消费者协会申诉，说不定还能得到赔偿。伪话呢？今天还有吗？有了，谁反对？去哪里申诉？最可悲的是面对伪话习以为常，有谁像自己买了假货吃了一块钱亏那样怒气冲冲过？更不要说挺身而出去申诉了。说不定说伪话的伪人还会得到重用升迁。听这同志一说，想想也罢，对伪产品的愤怒顿时消了几分了。

伪品殃民，伪话祸国。消灭伪产品，有利百姓；消灭伪话，功在国家民族。愿伪劣产品绝迹，愿伪话断子绝孙。愿这世界充满真诚！

一九九四年

忘不了那个漆黑的夜

在神性和兽性交织的年代里,偶尔见个人,这人便被永远珍藏在心底了。

又度过了一个屈辱和痛苦的白天,到了夜里,夜也被魔鬼统治了。就在前天夜里,屋里墙角的鸡笼嗡隆了一下,打门声吆喝声忽然而起,一阵紧似一阵,寂静的夜又布满了恐怖的气氛。我和妻慌得反穿衣服倒踢鞋急急去开门,刚闪了条缝儿,便被冲进来的几条大汉扭住了双臂。首领呵斥道:"哪里响?"

"鸡笼。"我不知道又怎么了。

"为啥响?"

我说:"可能是钻老鼠了。"

"放屁! 什么老鼠? 说,往里藏的什么?"

"没有,我老老实实睡着没动。"

"还想狡辩!"首领对"牛头马面"们摆了一下手,命令道:"搜!"

哗!"牛头马面"们如临大敌,冲锋陷阵似的扑向了鸡笼,脚踢手扒,鸡们惊慌失措了,嘎嘎叫着满屋乱飞。扒开了鸡屎,什么也没有发现。

首领又命令道:"挖!"

几把镢头发疯似的上上下下飞舞,一时三刻便刨地三尺。只有一堆土,还不见别的什么,"牛头马面"们失望地看看首领。

首领对我狠狠瞪眼,说:"别以为没有扒出什么就能证明你老实,哪里响,藏了什么,搞的什么反革命行动,明天给我彻底交代!"然后一个眼色,"牛头马面"们便跟着首领呼啸而去了。

夜,使人胆战心惊,睡在床上连身也不敢翻了,怕弄出响声会再招来横祸。这样的日子,人活着比去死还需要勇气。我是个凡人,没有了这勇气,时时想死,几次去死,可惜都没躲开妻的眼睛,都被妻挡住了。这天夜里,我又想死,因为一场斗争下来,身上七处流血。妻太无情了,又哀哀地求我活着。半夜时分,忽然有人轻轻敲门,轻轻呼唤:"典运,典运!"

"谁?"我颤抖着跳下床跑到门口。

"我,书才。"还是轻轻的。

啊,赵书才,县委的宣传部长。县城离我家十二里路,怎么半夜跑来了! 我忙打开门,他疾速地闪了进来。

我惊恐不安地说:"你怎么来了?"又疑虑重重地往外看了一眼,说时忙关上门,惶惶地说:"可别叫人家知道了,不依你的。"我对人已经害怕惯了,不敢问什么,拉把椅子让他坐。

赵书才苦笑一下,没坐,站着,说:"我专门来给你说几句话,说完就走!"

"什么事?"我想着一定又是凶事,这时候会有什么好事轮到我!

他缓缓地说:"县委完了,可是县委的人还在,不论人家怎么说,我们不认为你是坏人,你千万不要胡思乱想,千万千万要活下去。"他匆匆而来说了,又匆匆回身闪了出去,眨眼便消失在茫茫黑夜里了。

夜,这么黑;路,这么远;形势,这么可怕险恶。万一叫人知道了,他便会坠入无边苦海。许久许久了,我被包围在喊打的声浪中,看到的全是一张张狰狞的面孔。没想到他来了,不顾自己安危地来看望一个作者,虽说他已不是宣传部长了,可在我心里他还是。妻没退去我死的念头,他这几句话却说退了死的进攻,我得活,因为党还没有忘了我,党并没有把我打入另册。

我也为他捏了一把汗,我祷告我祝愿,但愿没人看见他来,千万不要为我带了灾。

隔了一天,我知道了,他挨斗了游街了,罪名是半夜三更去和一个反革命勾勾搭搭。我当然又挨了斗挨了打,这斗这打却使我坚强了。我铁了心要活下去,因为我还是个人,是人就得讲良心,我不能叫赵书才白跑白说白游街白挨斗!

为了赵书才那短短的几句话,我活下来了。

二十多年过去了,我还活着,活着就忘不了那个漆黑的夜。

一九九二年三月

砸笔

一九六八年是横扫一切的年代。

夏秋之交的一个早上,我没下地做活儿,因为头天夜里挨了打,身上七处流血,头上流的血把眼糊住了。老婆给我请了假,我就在家睡着。

其实,我并没睡,只是大睁两眼躺着。我就是个木头人,也不得不想心事了。昨天夜里的那顿打,挨得太狠,也太冤枉了。

斗争会是在下营生产队打麦场开的。人山人海,上千瓦的灯泡照得跟白天一样。我一入场,就是山呼海啸的口号声,好不威风。

我一看主持会议的人,就知道大事不好了。这是一名女将,管我叫叔,是我本家族的侄女。她二十岁多一点,可是,经过"文化大革命"的战斗洗礼,已经红得发紫了,是赫赫有名的人物。听说,她正在积极创立功勋,争取县革委常委的席位。那年头,要立功就得斗人,小斗小功,大斗大功。县革委常委在县里算得上大官,得立个特大的功才能当上。我也就成了她立功的对象。逮个大鱼才能卖个大价钱,不知为什么把我这只小虾当成了大鱼来捕捉,冤枉!

斗争会开始了,先是"打倒打倒""灭亡灭亡"的口号声,接着我这个侄女表现了大义灭亲的浩然正气,劈头就是:"先背背党的政策!"

这我会背:"坦白从宽,抗拒从严,顽固到底死路一条!"

我的侄女又说:"不错呀,知道政策就好。坦白吧,你最大最大的罪恶是啥?"

老天爷,这可难住我了。每次斗争会上,我都能听到一些我的罪恶:杀人呀,放火呀,反党呀,反社会主义呀……太多了,哪一条算是最大最大的呢?我可真说不清楚,我只觉得每一条都够杀头的罪。我只好说:"我的罪恶都大,都最大最大!"

"放屁,还想抵赖!"我的侄女个子不高,声音却很高,她问大家:"敌人不坦白怎么办?"

"就叫他灭亡!"回声如雷震耳。

"好!"我的侄女一挥手,"来呀,叫他尝尝无产阶级革命的滋味!"

背影里窜出了几个人,三下五除二就将我五花大绑起来。我听见胳膊被扭得咯咯嘣嘣响,绳勒得钻心痛。可是我的侄女还厉

36

声吆喝道："革命不是请客吃饭，不能温良恭俭让，再给我紧点！"天呀，绳子都吃肉了，还嫌恭俭让！于是，从绳缝里又揳进了几块板子，把绳绷得入肉三分。

我的侄女又问我："坦白不坦白？"

"坦白！坦白！"痛死了，我真心实意坦白了，我说，"我罪大恶极，罪该万死！"

她又追问："到底啥罪？"

啥罪？谁知道你们心里想定我啥罪？谁知道你们需要啥罪？我说："死罪！死罪！"我想，天下的罪只有死罪算最大，我一下子说到了头，或许能开恩了。

"好呀，还搪塞哩！"我的侄女又充分发扬民主了，征求大家意见，"敌人抗拒到底怎么办？"

"就叫他灭亡！"下边的人又一阵呐喊。

于是，我又向灭亡迈进了一步。他们在我面前倒了一堆小石子，刚砸的，每颗石子都是多棱角的，每个棱角都是尖的。他们把我的裤筒卷起，露出了膝盖，然后强把我按着跪到这石刀子上，还故意提起我的双肩往下猛蹾几下，像修水渠打木夯一样。白花花的石子顿时被血染得鲜红。

"不怕你顽抗到底！"革命见了红，我的侄女扬扬得意，开始言归正传地质问："你别以为革命群众都是睁眼瞎子！你说，《贫农代表》这本书是你写的不是？"

"是的!"我说。这本书又有了什么罪过?我是歌颂贫下中农的啊!

"只要承认就好!"我的侄女胜利了,好像攻克了敌人一个重要高地。然后,面对大家滔滔不绝地讲道:"同志们,他在这本书里说,贫农和中农吵架,吵得天昏地暗。大家想想,这多么恶毒啊,天是共产党的天,地是社会主义的地,他竟敢说天是昏的,地是暗的……"

我虽然膝盖痛得入骨,却还是忍不住扑哧一下笑了。这算什么罪呀?我插嘴辩护道:"我这是形容词啊!"

"啊,你还形容哩!"我的侄女被我激怒了,冷笑几声,"你再没啥形容,形容天形容地?你也睁眼看看,天是谁家的天,地是谁家的地。不是恶毒攻击是什么?同志们,敌人猖狂反扑了,我们怎么办?"

"还叫他灭亡!"又一阵怒吼。

于是,死神扑向了我,拳打脚踢,棍棒交加,顿时头被打破了,血流如注,满脸满身皆是血。我成了被血染红了的人。我的侄女大概看见自己的纱帽也红了,就要胜利收兵了。她问我:"说!今天夜里武斗了没有?"

我怎么说呢?这还用说吗?我沉默不语。

"说,今天夜里到底武斗了没有?"我的侄女决心要问个水落石出,声音里充满了决心。

这还用我说吗？上千双眼睛不是看得清清楚楚吗？我被逼得无法了，就喃喃地说："我相信群众相信党，群众和党说没有武斗就是没有武斗。"

"要叫你自己说！"我的侄女发怒了，"你到底说不说？不说？好，再返返工！"她一挥手，马上又冲过来几个人，看样子要动武了。

"我说！我说！"我怕了，怕再加加工就要到那一间了。我喃喃地咕哝道，"没有武斗！"

我侄女命令道："大声点！"

有什么办法？我嘶哑着大声叫道："没——有——武——斗！"

"好嘛！我还当你真不会说哩！"我的侄女完全彻底胜利了，对着大家宣告："大家都听见了，他亲口说没有武斗，以后敢翻案，敢反咬一口，我们就叫他彻底灭亡！"

我终于回到了家里，是活着回来的，头上的血在滴滴答答地流。老婆马上弄了一把烟叶揉碎，捂到了我的伤口上，可是，血还是一个劲往外冒。老婆又去邻居家找来一盒痱子粉，捂到了我的伤口上，才算止住了血。

天已大明，人都下地了，院子里静悄悄的，只有鸡子在逍遥地叫着。我躺在床上想着这场斗争，埋怨自己太糊涂了。如今的天地日月是圣物，能是随便形容的？挨打一点也不亏。这四个字用墨汁写到了纸上,如今得用鲜血去洗刷,可是能洗得净吗?我的贤侄女能当上县革委常委?(事后证明,她确实当上了,不过不是常委,大概因为我是个小虾,血不值钱,只当上了个一般委员,算个"短委",总算我的血没白流。)人家说谎话,自己呢?明明身上七处流血,却说没有武斗,这是实话吗?骗自己吗?身上流血不止,骗群众吗?千百双眼睛看着,谁也骗不住,又非骗不可,不骗不行!这个社会真是滑稽,可又要装得万分神圣!我一边想一边翻了个身,妈呀,碰住了伤口,疼死了!我才发觉肉这玩意儿比思想具体,比思想更讲究实际!

我正在胡思乱想,忽听有人叫我,我忘了疼痛,折身坐了起来。老天爷,是不是又要"天昏地暗"了?我挣扎着正要下床迎接来人,来人已走了进来,忙上前按住我,说:"别下!别下!你还躺着吧!我知道你昨天夜里受了罪!"来人说着坐到了床沿上。

我试着睁了几次眼,都没看清他的脸和眼。他说我"受了罪",口气好像不是来揪我的。可是,他到底是干啥的?这年头还是小心为好。对他来的目的又不敢问,只好等待了。

"伤很重吧?"他问。

我能说重吗?我在大会上已表过态,没有武斗。说重了,就是翻案,我能说轻吗?这不是看不起革命斗争吗?我没回答,只是装作翻身,"哎哟"了一声,轻重由他评定算了。

"听说你生活很困难,是吧?"他又说。

我才不上当哩！我在队里做活儿不记工分,人家说,改造不是劳动,理所当然不能按劳取酬,谁家改造还给报酬?一家六口全靠老婆的一点工分糊口,能不困难吗?可我敢说吗?谁知道他是不是大队革委会派来的探子。我要说困难,不是对改造不满吗?我又翻了个身,又"哎哟"了一声。

来人笑笑,说:"你别怕,我是专门来帮助你解决困难的!"

帮我?这人到底是干啥的呀?我只能用沉默不语来对付他。

"你放心,我是好人,四面净八面光的好!你看看这个就知道了。"来人说着从裤子口袋里掏出一张纸递给我。

我不得不接住。可是,屋里光线太暗,眼又被血糊住了,我说:"我看不见。"

来人划了根火柴,点着了床头上的煤油灯,我强睁着眼看去。原来是一纸证明,上边写着他是××公社××大队的贫农社员,历史清白,政治可靠,有一手阉猪的好手艺,出来给生产队搞副业,下面盖着一颗公社革委的大印。我开口了:"我家喂的猪七八十斤,早就阉了!"

"我知道,我在你家的猪圈里看过了。我不是来帮你阉猪的。"来人说着收回了证明,还深知"节约闹革命"的伟大意义,随口吹灭了灯,又说:"我是想帮你个大忙。"

阉猪的能帮我个什么大忙?我好生奇怪,又不敢随便问。

"是这样的,我知道你会写稿。"来人胸有成竹地讲,"你现在成反革命了,再写人家也不登了。我想啦,这个手艺丢了怪可惜,笔尖绕绕都是钱嘛。我有个好办法,你还写,写了以后给我,用我的名登了,稿费咱俩平半砍,这个办法不错吧?"

来人讲这话时脸红了没有,我看不见;可是说话这样流畅,竟没一点点口羞吞吐的样子,真使我大吃一惊。帮我? 原来如此帮我! 心里不禁涌上了一股直到如今还说不清的滋味。我冷冷地笑道:"稿费? 你想稿费,稿费可不想你,早就取消了!"

"啊,取消了?"来人失望地叫了一声。

我想,他知道无望了就该走了。谁知他不走,坐着不动,一直发呆。我也不敢撵他走,人家总算是个革命群众,惹人家生气了可没好果子吃。他愣了一会儿,突然笑了,笑得很怪,笑罢了说:"不给稿费也没关系。公鸡头母鸡头总要占一头,你只管写,写了用我的名发了,总要大小给弄个官当当。只要我当了官,不怕没油水,到时少不了你的好处,再咋说我吃肉也不会没有你啃的骨头。我只要上去,先把你的反革命帽摘了,咋样?"他回过头,我第一次看见了他的眼睛,那里装满了希望和欲望的光。

"我要写了毒草,反革命是你当呀还是我当?"我憋不住了,反问道。我只觉着血往头上冲,我怕血会冲破刚刚捂住的伤口流个没完没了了。这算哪一国哪一朝的怪事呀,天下竟有这样的人。

来人并没发觉我的话是冷的,又笑道:"笑话,我不相信你再会写出毒草……"

这时,我老婆放工回来。她看看他,又看看我,我给她使了个眼色,让她快请他离开。我说:"他是阉猪的。"

"俺家不阉猪!"我老婆遵从我的眼色,可怜巴巴地对来人请求道,"你快走吧,我们家里不准来人。叫大队知道了,我们不得了,你也不得了!"老婆为了加重紧张害怕的气氛,还忙伸头往外看看,急切地说:"现在没人,赶紧走。谁来我们家要挨斗哩!"

来人无可奈何地走了,走到门口又回头说:"你再考虑考虑,早晚同意了言一声!"

来人走了,我忽然哭了,长道短道流着眼泪。老婆忙走到床前问我:"又出啥大事了?"

我摇摇头说:"没有。"

"不会没有!"老婆看着我,担心地说,"昨天夜里挨打挨成那样,回来都没掉眼泪。一定出啥事了,你别瞒着我……"

我想给她说说我心里的苦,可是说不清楚。昨天夜里是要我的血,今天早上是要我的心。我的血和心都是人家拿去换官的礼品,我自己还剩下了什么?这一切都怨写稿!写稿!写稿!我后悔死了,伤心死了!我说:"把钢笔拿来!"

老婆迷惑地问:"还要写啥呀?"

我发狠了,命令道:"叫你拿来就拿来!"

老婆看看我,叹了口气,搬个凳子放到山墙根,站上去,从半墙上老鼠洞里掏出了钢笔,然后一步一步走到我面前,手抖着把钢笔递给了我。

我接过钢笔放到桌上，顺手拿起桌上的钳子，狠狠地砸了下去，钢笔顿时粉碎了。

老婆一惊一乍:"你……"

我哭了，老婆也哭了，当然都是低声抽泣，因为那年代不准哭，只准笑!

家里的书早抄走了，连一张纸也没留下，如今笔又砸了，从此，我完全地彻底地干净地和字绝交了。

…………

这一切都过去了，也永远不会再来了。可是，至今我每提起笔写稿时，就不由得想起那支被砸的钢笔，因为那支笔是在一次作家会议上上级奖的笔!

一九八九年七月

书祸

当时,都说我傻,几十年后再回头看看,我不仅傻,还有点疯。

那时,很穷很穷,端不上铁饭碗,还患着肺结核,没吃没喝又没命。只有三间茅屋,说屋不如说是棚,小碗粗的梁,鸡蛋粗的檩条,盖一层薄薄的黄背草,还都朽了,天晴屋里干,下雨屋里湿。穷屋里一无所有,只有两件东西,一件惹人眼馋,一件惹人奇怪。惹人眼馋的是一个年轻的老婆,没照过相,记忆中长得白白的,五官还算端正,还会做活儿。当时农村人穷,我对象条件要求得不高,只三个条件:第一是人,第二是女人,第三是个活女人。村里我最穷,竟然找个老婆不仅这三条都占了,还白白的胖胖的,都说我老婆眼瞎,鲜花插到牛粪上。第二件惹人奇怪的是家里有书。我小时候恰逢跑"老日",流浪到陕西一带混日月,没上过几年学,后来当兵,后来害肺结核回家,算个带病回乡军人,做不了重活儿,连轻活儿也做不动,身上瘫,当时叫肺痨,医药条件不中,得这

45

病十有九死。我也没想活着，见天吃了饭就去躺到麦地边晒太阳，等死。等的天数长了，干等不死，心里着急了，就看书。当时没什么书，从部队复员回家时，带有两本书，一本是《钢铁是怎样炼成的》，一本是《普通一兵》，读着读着读出了精神。写得真好，有些句子、章节真动人，我就把它抄下来，背下来，作为鞭策自己的动力。人家的病比我重，不悲观还写书。感动的时间长了，我就也想学习学习，就这样拿起了笔。

我这人啥长处都没有，只有一点点长处，就是有自知之明，知自己没文化没学问，学习也不敢学大的，就学小的，学着写民歌，四句四句的。当时有文化的人不多，我沾了这个光，在《河南文艺》上发了四句民歌，二十八个字。手写的变成了铅字，高兴得不能再高兴了，使我由死人变成了活人，不再想病了，死也就离我越来越远了。写了民歌写寓言写唱词写小说，走了好运，不断地发稿。当时稿子比现在值钱，一角钱买十二个鸡蛋，一千字二十四元稿费，等于一千字买两千八百八十个鸡蛋。乡里人都说我发美了，成天啥都不吃光吃鸡蛋都吃不完，好像比朝廷爷还美——以老百姓的想法和看法，天天吃鸡蛋的人就是朝廷爷了。

可是，我没天天吃鸡蛋，没当朝廷爷，也没想到把三间茅屋盖成瓦房，也没想到给屋里添件家具，也没想到做件新衣服，一切都没想到，就想着买书，想到了也做到了。只要来了稿费，不论多少都去买书，还专买精装书，中国的外国的，当时说外国就是苏联，很少有别国的,我买了《静静的顿河》《被开垦的处女地》《复活》等书。当时也没想到做个书柜,书买来了都装进一个又大又破的箱子里,装不下了就再买个箱子,好多好多的精装书,不说读了心里美,就是看一眼,心里也有一种当上了大富翁的感觉,心里充实得很。

村里人看我每次从街上回来都带了很多书,他们奇怪,说当吃当喝?劝我把房子盖盖,说盖房子才是居家过日子的根本。我不懂过日子的艰难,别人劝我的话当成了耳旁风。一九五八年"大跃进"搞家庭简单化运动,就是家里只准留一张床,别的什么都不准有,有了就是犯法。大队搞到我家时,我要求说,想咋简单就咋简单,我一百个拥护,哪怕床不要都要拥护,只有一点请求,别"简单"我的书。多亏张支书开明大方,说,我们要那也没益,你想全部留下就留下。他们把锅碗瓢勺杯盘脸盆桌子凳子锁钉锦儿都"简单"走了,把书给我留下了。他们前脚走,我送他们到门口,真想喊他们几声万岁!我抱着书感动并激动得流下了眼泪,好像强盗抢走了财产没有杀死我的宝贝儿子一样,书呀,你总算还活着。

后来,我照样买书,就是一米度三荒的三年困难时期也不改买书的爱好。房子还没盖,还是三间草屋,只是更旧了更烂了,下雨时屋里漏得更欢了,这时候我就用雨衣遮住了几个箱子,自己蹲在地上,承受着雨淋在头上的滋味。书,越来越多了,我不知道买这么多书干啥,只是爱读,不读的看着封面也甜,大概和资本家爱钱一样,大概和朝廷老子爱美女一样,反正就两个字:爱书。

世上凡被人爱的东西,一定都会被人恨。有一天,突然来了一群人,呼喊着口号,冲进我家里,把所有的书都抢走了,连一页带字的纸都没留下。这是何年月是何场面是何等的壮观?见过的人见得多了,不用再说了,没见过的年轻人说了也不信,也不用再说了。只是那神圣壮观的一刻,我没敢哭,待人走后我却笑了,因为,我没白活,我不但正活了几十年,还倒活了几千年,我看到了几千年前的那一天,既然几千年前就有过,现在再有就不是发明创造了,也就没什么奇怪了。

又三十年过去了,我还爱书,但我不再藏书了,有了书,谁愿看谁看,谁愿拿就拿,再也没有了当年对书的那份"爱情"了。直到今天,我想了几十年,还是想不透毁书的个中原因,纸上倒也写了不少原因,只是太光堂了,光堂得叫人怀疑其中有诈。其实,何必去想,想它何益,想透了说不定坏处更多了。

一九九七年六月

辑二 观人

《康熙大帝》和书记

前些年,偶然读了《康熙大帝》,觉着写得很好,生动,深刻,文采也好,作者是位才子。我不认识写这部书的作家,只听说是南阳人。不由想起了诸葛亮,南阳大概真是块藏龙卧虎的宝地。我想去拜访他,想了几年也一直没去,因为我怕见生人。

后来,地委开了个座谈会,他参加了,我也参加了。会不大,见了就认出来了。他胖乎乎的,没有什么派头,很热情,开口就说人话。说人话的人好交心,我们很快就谈上了。他谈了自己的经历,谈了创作。我由佩服他的为文,进而佩服他的为人。他上学不多,当过兵,转业后在市里当干部。在看重名利的今天,不争名于朝,不争利于市,也不玩个痛快,却一头扎进学问里,研究红学,又钻清史,终于写出了《康熙大帝》。凭这志气,真算个人物了。不过我也看得出来,他过得很苦,是心里苦,心里缺雨水,因为年纪不大头发就脱落得不像个样子了。

后来,他写出了《康熙大帝》第二部,给我捎了一本,我一口气读完了,觉得比第一部写得还好。他在走上坡路,我像看到了他在艰难地爬坡,一步一挣扎,一步一喘气,他一定累坏了。我不由得又想起了他的头发,大概已经变成秃山了。

近日去南阳又见了他,没想到他却一头黑发,成了青年头。我好生郁闷,文章写得越来越好,身体应当越来越差才正常,他是怎么搞的?我问他有什么窍门,他给我讲起了气功,什么逆呼吸法,讲得津津有味,还劝我也练练试试。我嘴里答应了,心里却不以为然。练气功?得有那份心思才行。我想,他除了练气功,总还有点别的什么?

在闲谈中,我才知道是因为他的心情好了。

市里有位书记和夫人亲自抬着煤气罐给他送去,当他深夜里爬格子时,书记和夫人给他送去啤酒,等等。煤气罐值几何,啤酒值几何?这心意确实千金难买,万金难换!用官话说,这是鼓舞,是力量。其实,是他的劳动得到了承认,得到了尊重。

一个人吃了苦,别人漠然视之,还认为他不苦,这味道比他吃的苦还苦。一个人吃了苦,得到了同情,承认他吃了苦,他吃了苦也就不觉着苦了。人生得一知己足矣!理解了才有友情,何况不仅理解,还有尊重,还有关心,还有夫妻两个抬着煤气罐的形象,这除了很动人之外,还是一阵春风,一场春雨,冲洗净了他心中的劳累和苦恼,催发他心底升起了一股股灵气,这书就自然写得越来越好了。

　　写到这里,我仿佛看到有两支笔同时在同一张稿纸上写着《康熙大帝》,一支是他的,一支是书记的!

一九八八年八月

好人兰建堂

现在说谁是好人,好像有点轻看了。不过,我还要说建堂是好人。

我和兰建堂初识于何时?一非巧遇,二没惊人之举,没有留下印象。在以后交往中,一没相互送炭添花,二没相互落井下石,也没留下印象。走运时一杯茶,背运时茶一杯,淡淡地来往了四十年,四十年才品出了悠远的味道:建堂是个好人。

建堂是写曲艺的,一直写了四十年,团结了一批志同道合的作者,把南阳写成了全国有名的曲艺之乡。建堂的曲艺写得如何?曲艺专家和爱好曲艺的老百姓有口皆碑,轮不着我这个外行人说三道四。建堂也会写小说,也会写散文,却不见异思迁,没有动过嫌贫爱富的念头,四十年不改初衷,一直献身于人民喜闻乐见的曲艺,可见他对人民对曲艺的热爱了。

建堂和我都是业余作者,属于文字之交。文字是带刺的,是咬人的，大风大浪中交往了四十年，四十年竟然没有相互扎过咬过一次，也算得一小奇迹了。本来有机会扎一下咬一下的，是建堂不扎不咬。

六十年代初，蒙建堂错爱，把我的小小说《秋香的喜事》改编成曲艺《挑女婿》。《秋香的喜事》只有三百来字，写农村两个青年干部爱上了一个姑娘秋香，一个拿公家的东西大献殷勤，一个对公家的东西一毛不拔，秋香爱上了后者。要说，我写的已经很革命化了，可惜是两个追一个，属于三角恋爱，"三角"犯当时的王法。于是，有人斗志昂扬，写了几万字的大文章来批判这个小文章，说是大毒草，罪大恶极。面对沸沸扬扬的讨伐声浪，建堂既没有挺身而出，也没有一字推诿洗刷自己之言。又一次，我们一同参加一个盛会，回来后建堂叫我汇报。不久，大风吹来想把这个明会吹成黑会，眼看大祸大难临头，建堂还是没有一个字推诿洗刷自己。可以嫁祸于人而不嫁，这就是人品。

建堂做人从不带秤，不时时事事称人，不会今天称你重五两，就交；明天看见另一个重五两一钱，就拿你这五两的当贡品，去换五两一钱的欢心。身处是非之地，不是是非之人，这就是我心中的建堂。和建堂交往，放心。

四十年交往中，没有听建堂夸过谁，也没听建堂损过谁。人，会奉承肯定不是贵人，贵在对人不生恶意，不以私心私利对人好云恶云，更不可随心说人坏话，特别是假坏话。建堂不是不会做小人,是不齿不屑。不屑做小人的人,就是干不了大事也是大人,是真正的人。

　　建堂是个好人,是我做人的老师。

一九九四年

心在文中

——李克定印象

　　小说有没有作法？我不知道有，只知道无。几年前，某地重金请人讲授小说作法，据说听了就会写出优秀小说。我是学写小说的，常常为写不出写不好而苦恼。这消息好比喜从天降，吸引了许多青年人，我也去了，想取得真经。果然名不虚传，讲得头头是道。其中有一章专讲"灵魂的结构"。听了题目，我不由吓了一跳：灵魂也能结构？像拼盘一样能拼出个灵魂，可真是天下奇谈。自从听了这个讲授，我更加不相信小说有作法了。

　　后来，我在和南阳县作者李克定的交往中，忽然发现了真正的小说作法。我们一年之中只有少数几次见面，我去外地开会路过南阳时，偶尔去看看他。如今社会上流行一种不好的风气：空谈、闲话，津津有味，一说一晌。可我每次去看李克定时，他不是在读书，就是在写作。有时也扑空，是他下乡体验生活去了。他可真算是与书为友，用字说话了。我们每次见面，寒暄几句之后，他就谈近日读的书,写的文章,谈得很深很诚,征求我的看法。我自叹不如,又感到奇怪,他为什么会进步得这么快?

后来,我才了解到了。他是个青年人,正处于青春的年华,他对待青春却与人不同。他有一个幸福的小家庭,按一些人的做法,每天傍晚领上爱人逛逛公园,看看电影,尽情享受一番爱的乐趣。他不,偏偏爱独来独往,每天晚饭后,常常一人去汽车站、火车站领略人世间的各种滋味。来回十几里路,都是步行,边走边想着心事,一些稿子就是在这低头时想妥的。他夫妻两个住着一间小屋,是卧室、书房又是厨房,冬天还好过,夏天如坐蒸笼。在别人看来没办法安身,可他从来没有过不满足。更有甚者,以工代干要转正式干部了,他完全符合政策规定的标准,却不闻不问。好心的同志劝他向领导提提,说这事非同小可。他听了只淡淡一笑,说:"何苦又费工夫又费口舌,只要能写稿子就行,写不出东西就是转个干部又如何!"他就是这样的人,除了创作,一切都是身外之物。

李克定的文化程度不高,只上过小学。"四人帮"被粉碎后,短短几年工夫,就发了三十来篇小说,有些作品在省内外受到了好评。他是天才吗? 不像,在处理个人问题上常常是糊涂的。莫非真有什么小说作法被他得到了? 最近我见他时,向他讨教真经。他只说了一句话:"我知道自己笨,不敢分心。不过心在文中罢了。"

好一个"心在文中"！这大概才是真正的小说作法了。再想想,这不仅是小说作法,也是干一切事的做法。一个人能够摆脱金钱、家庭、地位的纠缠,迷到自己热爱的事业中去,总会有所收获的。

一九八四年

独特的发现

——读李天岑小说

　　写小说这碗饭难吃,难在不能有章法,不像窑里的砖,一个模子脱的,连模子都得一个样。文学作品不行,不能重复,不能雷同,连似曾相识也不中。有人写了一百篇作品,读者可能全没有印象,只知道你常写东西。有人写了一篇作品,读者可能像数家珍一样永远记着你写了什么。李天岑写的小说不多,却篇篇有他自己的独特发现,都是在别处没看过的"这一个"。我知道李天岑十几年了,忘不了他,是因为读了他的小说《笑》。

　　当时,文学界流行"伤痕文学",写荒唐年代发生的事如何残酷,写人民如何悲惨,千篇万篇涌到读者面前,多了就令人感情麻木了。就在这时,天岑发表了小说《笑》,一反字字血、声声泪的流行写法,从更深层次揭示了"伤痕文学"要揭露的那个年代的社会问题。一个记者下乡搞录音采访,大队干部奉命编造了一大串丰功伟绩,为了证明是真好不是假好,好得莺歌燕舞,需要配上又甜又脆、婉转动听的欢乐笑声。大队派了一群姑娘去完成这个神圣而又容易的光荣任务,给了丰厚的物质鼓励,记高工分,还让吃白馍,黑大叔又做出丑态百出的滑稽相,想博得姑娘们银铃般清脆的欢笑。可惜姑娘们只会假笑嘲笑傻笑,重赏之下也不会真笑甜笑了。读了这篇题名为《笑》的小说,我真想大哭一场,还有什么迫害比使人民不会笑更残酷更伤情?《笑》震撼了我,我就打听李天岑是何许人,这才认识了他。

隔了许久,又读到他的《苇塘边,有那么一条狗》,构思更妙,通过一条根本没有的花狗,活灵活现了小镇上伪人性的流行,讽贬了世态的炎凉,打中了一个时代民风的要害,听到了作者对真诚的大声呼唤,激起了广大读者良心的波涛。文艺界的朋友议论到他时,都说照此发展下去,他会成大气候。可惜,他越写越少了,虽少,但还都是精品。

读天岑的小说,能读出他对生活的热爱和激情。他了解人民群众的苦与乐、爱与恨,他不是在一旁体验生活,他自己就是生活中的一员,对生活有很深很广的积累,并有深刻的认识,因而,他创作时对生活就有了很大的选择余地,才使他每次都有独特的发现,不仅不相似他人的情节,更可贵的是不同于他人的感觉,是真正的创作。

后来,不常见他的作品了,连人也少见了,十年才见过一两次,大家为他写得少而惋惜。他说,工作第一,创作只是业余爱好,有感了有空了写一点。这样也好,专门写作的人有感无感都得写,强挤难免会有平庸之作。业余写作没有压力,有了真情实感有了独特发现才写,写一篇是一篇,虽然少,但是精品,不靠数量靠质量。一个作家一生能有几篇给人留下印象的就不错了。

天岑用自己的创作证明了业余也能写出好作品,这也是今后繁荣文学事业的好路。

一九九五年四月

辑三 翻山

梦游桃花洞

桃花洞——好名字,真美。景何许? 人何许? 友人说,看后便知。秘而不宣,平添许多神奇色彩,此洞必有仙气。

幼读《桃花源记》,长大后看《桃花扇》《桃花庵》,今又有桃花洞。此也桃花,彼也桃花,处处桃花,桃花何其多? 仿佛看见了粉红色的天,粉红色的地,还有浮着千千万万粉红花瓣的山溪远远流去。清新芳香之气扑鼻,滴滴露珠沁心,如临仙境,顿觉身轻如云,飘逸而去,悠悠入梦。

青青的山,弯弯的路,绿林万顷,遮天蔽日。只闻声声鸟啼,满山皆歌,却不见鸟落何枝。身在林中漫步,听松涛,看苍松,除了松还是松,似自己也变成了一株松。忽想起"饿了吃的松柏子,渴了喝的山下泉"之说,远离尘世,不沾人间烟火,万般纷扰尽去,真是神仙日月。此非桃花洞,已有几分仙气,桃花洞当更为奇观。想及此,便快步而去。

出松林,忽见蓝天白云,不觉眼也明心也亮,遥遥望去,山窝中一条小溪,巨石乱卧;几间草舍,错落其间;古树参天,枝繁叶茂,此定是仙舍无疑。似看见众佛高坐,清静无尘,香烟缭绕,一片净土。老僧参禅于殿堂,仙姑抄经于案头。急急下山,欲一睹仙姿,也好净我身心。方走几步,只见层层梯田,依山而修;中秋方过,麦苗已绿。田边一人,身着僧衣,童颜鹤发,挥锄除草,洒汗如雨。顿时,心中换了滋味,惊愕之余,便上前过礼寒暄,闲话起来。

"老仙翁,也苦啊!"

"入佛门原本不是为享福。"

"讲究清静无为,没想到也种田,也为?"

"要无为,须先有为。"

"讲万事皆空,没想到不空!"

"不空方能空,空即不空。"

老僧笑得淡,说得也淡,欲要再叙谈下去,老僧笑而不语,挥锄除草去了,似觉闪我一边无礼,回头指向又一峰青山道:"桃花洞前去不远,请往观赏。"

看去,山更秀,树更翠,景更美,路也更崎岖。欲抬步前往,忽觉心神不宁,对着老僧发呆。求无为之人尚且要为,追皆空之人尚且不空,思我辈讲有为之人何不为? 求实之人何空空? 颠倒如此,何以对天? 何以对人? 何以对心? 想自己虚度一生,空空如也,顿时汗颜!

忽觉山摇地动,睁眼看来,天已大明,友人站在床前,推我醒来,唤我快起,早早吃饭,早早起程,前去桃花洞领略仙界。我睡眼蒙眬,忆起梦游之事,忽有所悟,便婉言谢绝道:"已游过了!"

一九八六年十一月

这山，这人

从宝天曼回来，一直想着王正用。

隔行如隔山，王正用这人从前没听说过。去宝天曼的头天夜里，内乡县委王书记把他介绍给我，说："这就是宝天曼自然保护区的主任王正用。"我看看他，很平常，长相平常，穿戴也平常，没有什么引人注意的地方。他没有说话，也没有那种应酬的笑，只是和我握握手就忙别的去了。看他走了，王书记又说："这人，我服。大学毕业，在深山里钻了几十年，叫谁也不能不服。"这话，我没入心，这个耳朵进去那个耳朵跑了。

第二天一早去宝天曼，走了一百四十里，问问还有七十里，好远。路，越来越险恶，不断的陡弯，不断的陡坡，汽车跳着疯狂的迪斯科，看看窗外的悬崖峭壁，便忙缩回头不敢再看了。顿时，车内说东道西，笑语纷飞。我知道这是用笑来掩盖和分散内心的害怕，笑中藏着难言的滋味。

我忽然想起了王书记的话:"这人,我服。"王正用几十年来在这路上走过多少次?大概有千百次了。他也是个普通的人,不会不想到万一,他也用笑来掩盖这可怕的万一吗?

中午到了葛条爬,宝天曼自然保护区管理处就设在这里。几排平房,依山傍水。给人的第一印象是菊花的世界,门前屋后,漫山遍野的野菊花,金黄金黄,在秋日照耀下,满眼金光灿灿,清香扑鼻,沁人肺腑。采花季节无人采,尽情地开放,尽情地喷香,待到寒风袭来,花落地,香入泥,又养育出来年的花来年的香,何等的自然。

下午,笔会开始,学习有关文件,然后请王正用讲讲保护区的情况。他讲了全国有多少保护区,讲了为什么要保护大自然,讲了物种与人的关系,讲了很多,唯独宝天曼的情况没讲,他说:"大家可以不写宝天曼,但是为了人类的生存,希望大家多写写保护大自然的重要性。"会后,大家觉着他讲的有点跑题,该讲的没讲,来看宝天曼为什么不讲宝天曼?

入夜,没有电灯,只有淡淡的月光,照着山川树木,一阵风声,几声鸟啼,清静得太狠了便显得分外的孤独寂寞。室内,一支蜡烛闪着幽幽的火苗,衬得屋里更加昏暗,不由使人想起了聊斋中的鬼狐。在这里偶尔住上一夜,别有一番情趣,如果住上一个月,住上一年,会是一种什么滋味?王正用和他的同志们却在这里住了十年,住了几十年,有多少个夜晚?他们会不会想到城里的万家灯火,还有车水马龙的人流,还有影剧院的载歌载舞,还有合家坐在电视机前的天伦之乐?

想到了他们在这远离人世的日日夜夜,我耳边又响起了王书记的话:"这人,我服。"

次日,登宝天曼,只有兽蹄没有人迹,没有了路,便在树和树之间穿行,有时攀着走,有时爬着走,有时蹲着走,一步一步都得用眼用手用脚,还得用心。脚下的土不是土,是千年万年的落叶化成的席梦思,松软柔和,走起来颤颤悠悠似有被弹起来的感觉。满眼是树,是藤,是草,是花,自自然然地生,自自然然地长,都很奇特,都是自己的样子,不雷同,不重复。因为没有章法,没有结构,便有了大自然的美,美得自然,不由从心底升起了无限的爱意,胸中积下的烦恼化成了一阵清风去得无影无踪,只觉着想说,想笑,想唱,想拥抱这美好的山河。

这时,我才悟到了王正用讲的没有跑题,他早让大自然净化了心灵,爱大自然胜过爱自己的成绩。"这人,我服。"王书记对他了解得太深了。

再见,美丽的宝天曼!感谢王正用和他的同志们,为祖国为人类保护了这一片与天地同来的大自然,不知洗去了多少人心中的烦恼,把美和爱融进了人们的心中。当分手时,收到了王正用的两本专著,其中一本蝶类志,五彩纷呈,让人大饱眼福,叹为观止。王正用在大山里泡了几十年,泡得值得,因为他用自己全部身心为人类保护了爱和美。

　　"这人,我服。"王书记说得不错。

　　这人,这山,我爱。

一九九〇年十二月

魂归五龙潭

　　城里人多车多楼多声音多,人们就爱山爱水爱树林,爱得入迷,爱得发疯,不惜花大钱流大汗千里迢迢去游山玩水,还起了个很好的名字,叫回归大自然。山里人山里生山里长,多见树木少见人,就看山不恋山看水不恋水,一心想往城里跑,过去叫盲流,如今名称好听多了,叫走向世界。像一对两地分居的情人,不见了想得死去活来,真见了天天相处就只见人不见情了。我是山里人,看多了本地的山,又看多了全国的名山名水,对山对水也就淡了。没想到内乡夏馆的五龙潭,又激起了我的爱心,那山那水使我久久不能忘情。

　　五龙潭并非一个潭,真是五个潭,穿翠林攀葛藤顺山谷曲曲折折而上,先是五龙潭,再是四龙潭、三龙潭、二龙潭,谷的尽头才是一龙潭。五龙潭出自一个山母,造就了河水从天而降,一路下来形成了五挂瀑布,一挂比一挂精彩。数一龙潭的瀑布最为壮观,水从百丈悬崖上一头栽下,先是一匹白布,泻到中间变成了纷纷扬扬的玉珠,再往下便化成了似有似无的茫茫云雾,真是天赐美景。瀑布落处积水成潭,各潭状态相异,都深不可测,且都藏着满满一潭神话。山有仙骨,百般俊俏;水有仙姿,百般风流,入眼入心,却难以言传。有心形容一二不知如何形容,也不会形容,历代文人墨客早把写山写水的好文字用绝,再去描绘定会落入俗套,不仅显得没有自知之明,更怕辱没了这好山好水。可说的只是"遗憾"二字。大自然的风光本来能净化人的灵魂,因为五龙潭的景致太好了太美了,便挑逗得我想入非非,觉得一个人游此山此水太亏了此山此水,要是和亲人情人知心人共游此山此水,在绿林中一起走一走,在怪石上一起坐一坐,在溪流中一同洗一洗,同听鸟语,同闻花香,说说在尘世中难得想出难以启口的情话,该有多么的愉悦甜蜜,也能仙一回,才不枉人生一场,才不辜负这好山好水好景致。

五龙潭美得能够摄魂,也会销魂。抗日战争时期,开封中学迁入内乡县夏馆镇,一个女同学去五龙潭旅游,高挂的瀑布,晶莹的溪流,翠绿的林木,灵秀的石头,还有藏藏躲躲的野花,还有清澈新鲜的空气,更有万物皆无的宁静,她仿佛走出人间,走进了另一个天地。她感到陌生,又有点似曾相识。何时相识? 相识在何方? 她绞尽脑汁去追忆往事,苦苦思索使她走进了梦幻,她终于想起来了,这美丽这纯净这景致就是自己的化身。庆贺找到了久别的自己,欣喜得如痴如醉,便再也不愿离开了,在山水间流连不返,决心让灵肉回归自己,就跳潭仙去了,圣洁的青春和优美的山水化成了一体。想这少女一定聪慧绝顶,一定如花似玉,要不怎会有这个悟性?从此,五龙潭又多了一个美丽的灵魂,给山水草木抹上了朦朦胧胧的神秘感。游人们每每看见她或在山水间徘徊,或在溪流中沐浴,或坐在光洁的秀石上沉思,或从绿荫中款款走来,对善良善心的游客们绽开笑容,似乎还能听见她的亲切呼唤,柔柔的甜甜的声音,使人也觉得要飘飘欲仙了。

山里人纯朴可爱,编织了许许多多五龙潭的传说,大龙小龙,黑龙白龙,群龙血战,有胜有败,十分动人,讲了几百年,今天还在讲,每讲一遍都注入了新意。这些传说这些故事只能说明五龙潭的来由,并不能证明五龙潭无穷的美丽,能证明五龙潭美丽的是这个少女的殉景,可惜,这个"殉"字被忽略了被淡化了。自古以来,有殉国的殉道的殉职的殉情的,这些殉了的人和殉了的地方被大书特书,已为天下人共知,为天下人称颂,可见殉的伟大了。这少女的殉景,乃天下绝少。景能殉人,足以证明五龙潭山水之美了。

一九九三年七月

看山

　　早晨,太阳没出,我坐在河边看河对面的山。黄昏,太阳落了,我坐在河边看河对面的山。

　　看山比看人省心。看人,多看一眼,少看一眼,正眼看,斜眼看,喜眼看,怒眼看,都得想着点,看对了讨人喜欢,看错了招人讨厌。山,爱怎么看怎么看,人喜它不喜,人怒它不怒,骂也罢笑也罢,它都泰然处之。看多了,山就走进了心里,心也走进了山里,心静了人也就安生了,没有是非荣辱的烦恼。

　　山,好看,山上有树,林里有草。有了树有了草,山就活了。春天绿了,夏天青了,秋天黄了,冬天枯了。像人,从青树绿叶的年华,走到落叶归根的暮年。也不像人,人挣扎,不想老,想叫时光站住,抹青春霜,吃延年益寿品。不想想,买个钟表不走是好钟表吗?再抹再吃也只能躲过初一躲不过十五。山,自自然然,绿了就绿,枯了就枯,不喜不愁不做作,只待再绿再枯,周而复始,长生不老。秦始皇统治过无数大山小山,秦始皇想长生不老却死了,被统治的大山小山却活了下来。赫赫名人活不过默默无名小山,再不起眼的山,也比人见的日头多。山没人伟大,只是比人长远。长远也是一种伟大。

山也有缺点,有了山,便有了不平。山根公路边长着高高的白杨树,叫钻天杨。钻天杨很高很高了,可是往上看去,半山腰矮矮的迎宾松竟比钻天杨高出了许多。再往上看,山顶没树,只有草,寸草又比松树高了许多,比山根的钻天杨就更高了。山尖上的小草以为自己高高在上便迎风而舞,好得意,好张狂,看了心里便愤愤,为钻天杨不平。钻天杨很君子很傻子,但不气,还拍手笑个不停,不怨树,不怨草,都怨山,山使高的低了,山使低的高了,造成了天大的不公。再想想,山也好,钻天杨若生长在山尖,风必摧之;小草若生在路边,人必踏之,高的生低处,低的生高处,亏处有补,生得其所,是天意,也是命,何怨何恨?这才叫自然。

看山好。

一九九六年三月

香严寺,快了! 到了!

雨肚里,去香严寺真难。笔会主人费尽了心机,从江边用"小手扶"把大家运到了仓房乡,剩下的八里路只好步行了。

淅川人好客,淅川的泥巴更好客,脚一落地便被粘住了,如胶似漆地恋着你,死死地拽住你不许再离开,走一步都像告别一次恋人,真真难舍难分。难分也得分,倾尽全力挣脱着往前走去。深一脚,浅一脚,左一脚,右一脚,一个人一种走姿,似打拳,似滑冰,似跳绳,舞之蹈之,失去平衡就嘴啃泥,就仰八叉,看着他人的狼狈相自己便不觉苦了,便乐趣横生,在笑声中踉跄而行。

黄土泥白土泥,稠泥稀泥,在泥淖中挣扎了一个小时,泥淖终于耗尽了大家的精力,吞没了大家的欢乐。说好的八里路,好像已经走了几个八里路,怎么还不见香严寺的影子。望去还是黑石乱卧的秃坡。于是,笑不动了,走不动了,在一片呼呼哧哧的喘气声中,有人要坐下去了。

"离香严寺还有多远?"

"快了,过去坡就到了!"路人漫不经心地回答。

"快了,翻过坡就到了!"一片欢呼,一阵雀跃。一声"快了",似沙漠中看到了绿洲,似干渴中看到了清泉,腿不疼了,腰不酸了,疲劳消失了,一个个又生出了精神,继续往前走去。

坡更陡了,路更滑了,只因人说"快了",便不觉陡了,不觉滑了,一鼓作气爬上了坡又下了坡。只说快到了,谁知面前还是山茫茫林茫茫,仍不见香严寺在哪里。大家颇有点受骗的感觉,好似目的地还很遥远,远得永远也走不到了。顿时,失望和困乏加倍袭来,连喘气也没劲了。本来是阴天,加上已是黄昏,暮色重重,不容人休息了,天黑后崎岖的山路会更加崎岖;不容休息,也得休息,就是下一段路跌破头也在所不顾,因为连抬步之力都没有了。

迎面过来几个猎人,大家迫不及待地问:"离香严寺到底还有几里?"

"没里了,几步就到了。"猎人挥手指去,不在话下地答,"拐个弯就是。"

好一个"几步就到了",马上就可以美美歇歇了,马上就能喝杯热茶了,马上就不用再和泥巴搏斗了,马上……大家本来瘫成一堆泥,马上又挤出了很大的劲,硬邦邦地站起来,"到了! 到了!"

大家相互鼓着劲大步走去。

大家急不择路,任泥巴没了脚,任泥拽脱了鞋,只想再苦再累也就这几步了,只想着三五步就能结束这艰难的路程了。走!走!不是说没里了吗?不是说几步就到了吗?怎么又走了二里还不见香严寺?

天黑了,风起了,又冷又渴又饿,走再也走不动了,歇又歇不成了,大家失神了,无所适从了。

"喂——快呀——到了!"对面苍苍茫茫的林海里传来了打前站同志的呼唤。

呼唤使大家再次鼓起了最后的一把力气,争先恐后地奔去。

终于,天黑透时到了香严寺。

大家休息好了,有人说"快了""到了"的话太不准确了。细想想,也真是太不准确了。不过,要不是"快了""到了"这不准确的话,我们就会困在茫茫黑夜里摸索,就会吃更大更多的苦。

一九八九年十二月

79

辑四　学文

真心话

生活中的每一个人都是丰富复杂的,但有一点是共同的:都不是完人。每个人都有他自己的长和短。不知道从何时起,也不知为了什么,好像上了书的人都得到净化:好人没一点短处,坏人没一点长处,黑白得分明。这样写文章大有好处:作者立场观点鲜明,读者不仅省心,也不会有误解。当然,这是往事了。

我的创作一直突不破,原因很多也很复杂,其中一个主要原因就是固守着这个"往事"。一提起笔,我的脑子就马上变成了一张筛子,摇呀摇,筛呀筛,筛掉了好人身上不多的短处,筛掉了坏人身上不多的长处。不止筛一遍,还要筛上十遍八遍,不把人物筛得干干净净誓不下笔。我自己不常洗澡,穿戴又很脏,可我偏偏对己宽、对人严,坚持要自己笔下的人物个个都当上"卫生模范"。

我想从"往事"中解脱出来,试一下吧。

张老七和小亮,张富胜和老王,他们还有和他们相同的许多人挤满了我的脑子，于是我就写了他们。怎样写才好？当然，又想到了过去的创作。过去，我太有点"自我高明"了，总怕读者误解自己的立场，误解自己的好恶，对稿子中的人物一言一行都要加上自己的旁白，献给读者的是自己已经打过标签的人物，强迫读者接受自己对生活对人物的观点。只有愚蠢的人才认为自我高明。我想愚轻一点，来点自我摆脱。作者不仅应当尊重读者，也应当尊重自己选中的人物，让生活中有意义的活人活事直接和读者见面，不要和作品中的人物抢镜头。如果说，作品是作者的女儿，母亲不能老是站在女儿的前面去让人相看，更不能代替女儿上婆家。这就是我写《村魂》时的想法，对不对？不知道。

作品已经发表，作者要说的都在作品中说了，不应当再说短道长了，解释不仅没有必要，还会坏了读者胃口。有没有遗憾的地方？有，还不少，主要是脑子里的那个筛子不由自主地筛了几下。有人问，对各种各样的评论有何想法，我看大有好处，这些评论可以帮助作者从不同角度去看看自己的女儿，使作者发现自己的不足。作为作者应当说的只有一句话：谢谢大家的指点。这是真心话。

一九八四年

本文系短篇小说《村魂》创作谈

别了，昨天

——关于短篇小说《村魂》和《满票》

人家都在写迎接新生活的欢乐，而我却在写告别旧生活的痛苦，这合时宜吗？我有点担心。再一想，我并不是在写什么小说，我没有那个巧手，我只是记录了我熟悉的生活，我熟悉的人，也有我自己。这些东西加工的成分不多，也登不上文学创作这个宝座。我这样安慰自己，原谅自己。

我的家在豫西伏牛山里，千百年的贫穷使人民失去了学文化的权利。没有知识的人是可悲的，人们变得思想简单，性格憨厚。这竟是不少人所歌颂的美德。我写的人物，多是我的同代人，我们从牙牙学语到满头白发，都生活在这贫穷落后的村子里，从没有离开过。几十年的共同生活，几十年的风风雨雨，在我们之间培养了友爱和互助，也在我们之间制造了误解和仇恨。爱也罢，恨也罢，我们终究有过共同的童年，两小无猜的纯真友情长存在心中，我怎能不爱他们？甚至当回忆往事时，对他们的缺点和失误也有点偏爱,也要赞美几句。我了解他们,比对我自身还要了解。他们的缺点和失误绝不是天生的,不是他们内心滋生的,而是历史造就的,是历史把他们扭曲了。责备他们是不公道的,于心也不忍。

我在《村魂》和《满票》中究竟写了些什么? 好像写了许多,又好像什么也没写。我只是写了自己的感情,写了自己的眼泪,写了自己的欢欣,也写了自己的忏悔。想起过去的是是非非是痛苦的,可是入了心的事不想又忍不住。我写了出来,只是为了吐出那些憋破肚子的心病,更是为了忘却。

对《村魂》和《满票》中的人物,虽然我熟悉透了,但熟悉不等于认识了。认识人是困难的,连几十年朝夕相处的朋友也很难认识,因为不断变化着的生活在不断地改变着人的思想,使你捉摸不定。我不会忘记,那颠倒的岁月如何颠倒了人的关系。我有个朋友,在村里是个积极分子,人正直得有口皆碑。我曾经满腔热情地讴歌过他,整理了他的材料,他当上了模范,进了北京,和毛主席在一块儿喝过酒。他对我也是友好的,在我贫困的时候曾一次又一次地帮助过我。我把他看作至交,视如兄弟。可是,有一次大队头头读了一条“毛主席语录”:“多打一个反革命,就是对毛主席多献一份忠心。”对这明显的伪造他竟信以为真。接着,头头又引我一篇小说中的一句话“两个人吵得天昏地暗”,并加以分析:“天是共产党的天,地是社会主义的地,天昏地暗是恶毒攻击党攻击社会主义,是标准的反革命分子!"全场的人没一个发言,我的这个朋友竟挺身而出,满怀仇恨地说:"都怕得罪人,我不怕!他这个反革命分子我给他划定了,定死了,错了我负责!"当我听到这个消息时先是一愣,继而恨得入心,恨他为了立功就翻脸不认人。正当我的怒火在心中燃烧时,又听说他当众揭发了自己的儿媳妇。他的儿媳妇平日对他百般孝顺,操持着一家人的家务,只因为在家里说了一句对"文化革命"不恭的话,他就大义灭亲,坚决要求把她划成反革命分子。这消息像一盆凉水,顿时浇灭了我的一腔怒火。我本来恨他恨得入心,这时不知为什么却完全原谅了他,大概是被他的公心软化了吧。是的,我了解他,他不是那种自私的人,更不是卖友求荣的人。可是,他到底是为了什么,我不得其解。连我为什么要原谅他,我也弄不明白。不仅仅是他,我自己也有过类似的英雄行为。在那饥饿的年代里,有一次我在外边吃饱了招待饭回到家里,见我老婆在偷吃一根玉谷秆,我脑子一热就打了她,她连哭一声都没有就晕倒了。人们背地里骂我是饱汉不知饿汉饥。事情过去了多少年,心里总是窝着一块病。是什么力量驱使我那样野蛮,那样不知怜惜人?生活使我陷入了沉思,经过多少年的思考,直到今天我才终于明白了。愚昧者的真诚是可怕的,比见风使舵的人更可怕。因为他们没有私心杂念,一旦被一种错误的思想支配,就会为这种错误勇敢献身,不惜牺牲别人,也不惜牺牲自己,什么不通情理的事都干得出来,而且危害更大,因为这种疯狂的行为被抹上了大公无私的色彩,更容易迷惑人,会被人们视为崇高,会被人们歌颂。一旦历史证明他错了,他也会博得人们的同情,更会得到人们的轻易谅解:"他没知识不懂得什么,人还是好的,他也是出于公心嘛!"连错误也会被看成优点。他没有错,那么是谁错了呢?是谁演出了一出出悲剧!可怜的人!

于是,我发现了何老十。

至于《村魂》中的张老七,生活中更不乏其人。他们信奉诚实这个美德,虽然一次又一次受骗上当,却从来不改初衷,每一次都以真诚对待虚假。我被他们的真诚感动,我为他们的被玩弄而气愤。我早就想写写他们,一直找不到得以寄托的情节。是生活帮了我的大忙。一个偶然的机会,邻队传来了一个砸石子老汉的不幸遭遇,许多朋友的影子马上在我心里蹦了出来,最后形成了一个瘸腿老汉——张老七。这个冤魂从我面前步履艰难地走了过去,我好像看见了他那满怀胜利喜悦的面容,我好像听见了他歌唱胜利的小曲,冤而不知冤,还有谁比他更可悲!

张老七和何老十的悲剧谁应当负责?全怪历史老人吗?这也不公平。因为他们是志愿要做这种可敬可爱可笑可悲的人!信条一旦被他们接受,他们就至死不渝地信仰,哪怕这种信条是错误的,哪怕这种信条已失去了存在的环境,就是碰得头破血流,他们也不愿灵活一下,以不变应万变。他们不仅自己志愿做这样

88

的人,还用自己的榜样力量,用自我牺牲的行动来感动和感化大家,希望大家学他们的模式,做他们这样的人。就道德而言,他们的个人品质似乎无可指摘,甚至是高尚的、圣洁的。张老七为大家瘸了腿,饿着自己的肚子,却把少有的一点粮食送去填饱别人的肚子,为砸石子震得双手鲜血模糊,还有对人们的宽厚原谅,还有把诚实看得比生命还重要,这一切难道不值得人们尊敬吗?何老十舍命救人,穿了一辈子的烂袄子,为了使大家不受冻而自己冻得发抖,把自己抓到的好房好牛让给了别人,这一切不值得人们信赖吗?可是,这种高尚的道德给自己带来了什么?给人民带来了什么?是幸福,还是痛苦?是促进生活前进,还是把生活拉向倒退?他们从来没有想过,似乎想一想都是大逆不道的。该怎么对他们?是跟着他们,还是背离他们?当人民有权选择的时候终于做出了自己的选择。虽然这种选择是痛苦的,甚至是"背良心"的,可是,这是一种伟大的"背良心",不得不背。

历史是有情的,它在不断造就自己需要的人;历史也是绝情的,它也在不断淘汰自己不需要的人。张老七在虚假的胜利中欢欢乐乐地永远走了,何老十在一片同情声中满怀悲痛地下台了。他们都被历史宠幸过,曾几何时又都被历史抛弃了。当我写到历史对他们的决定时,我的心酸了,眼湿了,因为他们是我的同代人,是我的朋友,我们曾经有过相同的经历,有过相同的感情。当然,我也松了一口气,他们作为农民的领头羊,终于走完了自己的路,人民不再被他们领到那寸草不生的秃岗上了。这总是值得庆幸的大好事。

迎接新的生活是欢乐的,告别旧生活也是欢乐的。

别了,昨天!别了,我的可怜的朋友,让我们永远不要再见!

一九八五年

生活的恩赐

——兼谈短篇小说《村魂》《满票》的创作

小说怎样写？我不会。我写的一点东西，多半是生活的记录，谈不上创作。

我文化低，没技巧，没理论，也没学过小说写法，不会编造没影没踪的故事，只好写我熟悉的人、熟悉的事。生活是丰富多彩的。生活本身就包含了思想，包含了技巧。《村魂》中张老七砸石子的事件，是生活中的一件真事，他认真负责，结果就他的不合格。这件事本身就有丰富的思想内涵，就有出人意料的艺术技巧。我只是发现了他，记录了他。别的并没什么。所以说，我写的东西全部是生活恩赐给我的。我感谢生活，感谢生活中的人，感谢好人，他们使我产生了爱；我也感谢坏人，他们使我产生了恨，在爱和恨的冲击下，我才有了激动，才能言之有情。

写别人，也写我自己。我在农村生活了几十年，风风雨雨我经过，酸甜苦辣我尝过。我熟悉我周围的人。他们的所作所为曾经不止一次感动过我。我爱他们,爱他们的勤劳,爱他们的厚道,更爱他们对党忠诚不渝的品德。甚至对一些人身上的缺点也觉得可爱,认为这些缺点从另一个侧面证明了他的天真、单纯。可是,"文化大革命"纠正了我的这种偏爱。有一次大队开斗争大会,支书在台上领读毛主席语录:"多打一个反革命,就是对毛主席多献一份忠心!"一听就知道是胡编的,毛主席怎么能说对毛主席献忠心? 可是,奇迹发生了,千百人竟然也举着红宝书跟着朗读:"毛主席教导我们说,多打一个反革命,就是对……"于是,就发生了可想而知的恐怖场面。鲜血教训了我。我明白了一个道理,忠诚固然是可贵的,但盲目的忠诚则是可怕的。单纯虽然可爱,但单纯加上愚昧就可怜了。这就是我的《村魂》中的"魂",这个"魂"一直在我的心中游荡,游荡若干年之后,终于碰到了砸石子事件。于是,这个"魂"就附到了张老七的身上,这就是写作《村魂》的前后经过。

《满票》中的何老十,在农村中这种人很多。正像何老十讲的,在中国有千理万理,这都是理梢,理根是穷。一穷七分理。诉苦忆苦不能说不好,但诉苦忆苦如果是为了让人们永远吃苦受苦就很难讲。把穷作为传家宝,世世代代保住穷就不敢恭维了。《满票》中何老十忆起自己小院的光辉历史是个真事:一个公社在这样一户人家开现场会,表彰他家没有一床囫囵被子、一条囫囵席,只有一个小板凳还是三条腿的。这件事留给我的印象太深了! 当时嘴里不敢否定,心里却比醋还酸。这种比穷夸穷、以穷为荣的事情,不知道持续了多少年。我的感触太深了,早就想写写这个东西了。可是总找不到合适的线,穿不起来。有一次,我参加了一个选举会,一个同志落选了,可是会后人人都说投了他的票。这就给了我一个表现人物的形式。于是,我就把这两种截然不同的事物和人化成了《满票》。

《村魂》和《满票》是我在创作上的探索。这几年,我一直对自己的作品不满意,总觉着自己作品中的人物太简单化了。这种简单不仅仅表现在艺术形式上,更重要的是表现在人物的思想感情上。人的感情不仅有爱有恨,还有酸甜苦辣;常常是百感交集,绝不单单是爱和恨。应当把人物写得复杂一点,才显得真实,才能打动人。另一点对自己作品的不满,就是直和露。这不仅是手法问题,更重要的是认识和反应的笨拙。艺术讲究含蓄。用好事来表现好人,用坏事来表现坏人,似乎正确,但写不好就没有了艺术。因为这样写的结果很容易使人一目了然,清清楚楚。我试图对自己的创作来个转变,现在看来不算成功,但尝试一下总比不尝试好些。这就是我的想法,希望能得到文艺界朋友们和读者的帮助和指点。

一九八五年六月

伟大的背良心

《满票》不满,差一票才满,是多了,是少了?

有朋友问我:这一票是谁投的? 我说:"不知道,真不知道。"

谁投的没关系,反正何老十只得了一票,惨!

惨不在只得一票,惨在选举前,人人都赌咒发誓说要选他;惨在选举后,人人都赌咒发誓说这一票是自己投的;惨在他明明只得了一票,还不得不信人人都投了他一票!

这一票是希望,是想头。这一票是迷魂药!

何老十哭了! 全村人也哭了!

都是真哭,哭的也一样,何老十哭全村人,全村人哭何老十。

一九八六年十月

没洞的洞

我到省作协去,有同志给我背了一段做爱的细节。我这人向来对爱是麻木的,我听了一点也不感动。后来,他说是从我的《黑洞》中读到的。我吓了一跳,这难道是真的吗?

我没见过爱情。我读过写爱的小说,看过演爱的戏,都是些想爱而爱不成的东西。我再看看身边的男男女女,识字的不识字的,上等人和下等人,都是些成了家而没爱的婚姻。于是我慢慢明白了一条真理,爱而不得才叫爱情,爱成了就不叫爱情了。

我写了几十年小说,还不曾写过爱情。人们说,我小说中的人物全是公的,没有写过母的。这话不假。我先天不足,身上没有爱的细胞;后天也失调,快死了还没尝过爱的滋味,这就注定了我不会写出爱的小说,只好充当末流作家了。有时,偶尔也在小说中有这一点点男女间的交往,也是低档次的米面夫妻,没有爱的影子。我想,爱属于高档食品,冬天的西瓜,夏天的葡萄,我这种粗俗之人是尝不到这种鲜物的。

我是写生活的,普通人的普通生活。《黑洞》也是这样。这个小说的主人公是大花,或者是我自己。不是指借助的事件,是指活人的方法。人活着,本应该自己活,可是人们偏偏不。不是叫别人替自己活,就是自己替别人活,很少自己活自己的。大花把自己交给了二大爷,交给了三娃,心甘情愿,找上门送去的。二大爷叫她按昨天的样子活,三娃叫她按今天的样子活。她本来活得没有主意,一下子出来了两个主意,她就更没主意了。她觉得这两个主意都好都不好,一个有德没钱,一个有钱没德。她都听了又都没全听,便把两个主意捏成了一个主意,想出了又有德又有钱的活人之法。她自认为摆脱了二大爷和三娃的指点,实际上一点也没摆脱,只是把自己撕成了两半,一半依附二大爷,一半依附三娃,使自己成了二大爷和三娃的混合体。这一下她算闯了大祸。昨天吃醋了,气她恨她不该不全心全意归顺昨天。今天也吃醋了,气她恨她不该不全心全意归顺今天。于是,昨天和今天联合起来把她毁灭了。她信二大爷,信三娃,信全身心爱的男人,她认为这都是亲人,结果亲人都成了仇人。怨谁?怨昨天?怨今天?天知道。

《黑洞》到底写了什么?为什么要这样写?写时没想,现在也没想,只是写了一个偶尔听到的故事罢了。至于上面提到她把自己交给了二大爷和三娃等,全是为了凑够这个千字文才硬分析出来的。关于爱情,大花确有爱心,只因她爱得太狠了,就一定不会得情。有爱没情,她才疯了。疯了,活该。这都是实话,实话实说了就成了没意思的话,就不能言情了。

一九八九年

本文系中篇小说《黑洞》创作谈

生活笑了

这故事太平常了,也就有了点不平常。

五爷是我的同龄人,五爷的事我见过、听过,也亲身经历过。五爷香过,五爷臭了,五爷又香了,然后呢? 五爷还会再臭吗? 我真有点怕。

我常想,人不上树,至少不会从树上跌下来。上树难,跌下来却很容易,只是一眨眼的工夫,就会跌得头破血流,甚或一命归西。这个我有经验。我还在上小学的时候,有一次逃学到一个小山沟里,那里有很多柿树,结着很多金黄的大柿子,我想一定很好吃。人是不能这样想的,这样想了就流涎水。到了后来,我才知道这样想就叫欲望。我就上树了,柿子吃到嘴里没有,想不起来了,好像还没摘到柿子就突然跌了下来,好重,昏死了过去,多亏路人把我救活了,但落了个终生腰疼。后来,就算看见树上结着仙桃,我再也不上树了。虽说不能长寿,也不会立即就死。我常想,五爷要不是红火过,咋能去住大牢? 我和五爷说了这个想法,五爷可不这样想。五爷说,虽说住过大牢,也总红火过。是五爷想得对,还是我想得对? 我说不了。可我明白,五爷的想法能解决问题,五爷的想法有德行,都要像五爷这样想就好了。于是,我就把五爷写出来了。

还有爱社。按年龄说,他和我有代沟,可我说,不知沟在何方。他是个孝子,就凭这一条,有沟也填平了。他身上流着五爷的血。流着的血才叫血,如果血不流了还能是血吗? 于是,他不同于五爷。

世界上的事是很难说清的。我们村里有个老汉,姑且也叫他五爷吧,他申请宅基地,按条件也真够格,他为了达到目的,不断献好干部,低三下四,笑脸常开,笑了几年也没解决问题。一天,大家在大场里歇凉,村干部来了,五爷又迎上去笑着递烟,递了很长时间,村干部没理他,他的手还在捧着,脸还在笑着,那样子实在尴尬。他的儿子上去夺过他手中的烟,扔到村干部眼前,还用脚狠劲踩踩,呸了一口,狠狠哼了一声。五爷吓坏了,骂了儿子一天,说儿子毁了他费了几年的心血,还怕干部报复他,给他穿小鞋,吓得六神无主。谁知,这天夜里村干部主动找上门给他解决了问题,还说了很多对不起的话。对比,老子怎样想? 儿子怎样想? 这都不重要,重要的是他们想了。

爱社爱他爹,又偏不按他爹的思路去走,这就是生活。爱社说,他们都积极过觉悟过,就不许咱也积极一回觉悟一回? 这话很有点意思。他用自己的积极觉悟,改变了自己,也改变了别人,改变了人与人的关系,这有什么不好?

五爷哭了,爱社哭了,而生活却笑了。

一九九一年
本文系中篇小说《香与香》创作谈

互助组

老了，活一辈子了，还说不清家庭是什么味道。甜的？苦的？似乎都不是，只知道有点涩，不是好厨师做的菜，只是管个饱罢了。

八岁那一年算过命，偷了个馍给算命先生，他给算了，说了很多，现在记起的只有一句话："出门喜，进门忧，笑脸常挂门外头。"当时没放在心上，随着岁月的增长，越来越觉得算命先生算得准，真是神机妙算。我对一些朋友夸奖，算命先生把我算透了，朋友们哈哈大笑，说天下的人都是这个命，只是有些人说有些人不说，不说的人往往比说的人还要苦三分，我听了才恍然大悟。

最近听到一位朋友关于家庭的论述，说家庭是个互助组。说者似经过深思熟虑，我听时也吃了一惊。事后想想，品品，觉得这话挺有水平，说得倒也准确。夫妻加子女加媳妇，不是互助组是什么？我是农村人，经过了合作化运动的整个过程，单干困难重

101

重就搞互助组,互助组并不美妙,矛盾丛生,没办法就搞初级社,初级社也矛盾重重就搞高级社,高级社还是解决不了矛盾,就搞人民公社。说是人民公社好得很,只有幸福,没有痛苦。共产主义是天堂,人民公社是桥梁。芝麻开花节节高,一步一步升高了,啥都好,只有一点不好,狼上虎不上,磨洋工,弄得填不满肚子。最后来了个承包到户,才皆大欢喜。那么,家庭这个互助组呢?也不乏重重矛盾,难道也会一步一步升高吗?

旧时,人们形容夫妻相亲相爱是恩爱夫妻。我看,这个比喻不当,还是颠倒一下为好,应当是爱恩夫妻。因为,爱不当饭吃,爱不了多久这个爱就淡化了,就没有了,就被柴米油盐代替了,剩下的只是你为我做了什么,我为你做了什么,也就是有恩于对方了。一旦发生了裂痕,没有了一点爱意,甚至充满了敌意,双方就从对方为我牺牲过什么中去宽容对方,忍百苦而求一全,破镜也要用这个万能胶粘住。中国人是最讲良心的,良心的力量是无穷的,千苦万苦的感情也要服从良心。于是,良心就捍卫着千千万万这种互助组没有解体,多少个没有爱情的家庭得以维系下来,可见恩的伟大和爱的渺小了。

再加上子女媳妇,家庭这个并不美妙的互助组就常常战云密布了。原因很多,有一点是共同的,就是太不拘礼了,太直来直去了,真诚太多了,虚伪太少了。家庭成员也是人,是人就不仅需要真诚,也太需要虚伪了。

人们都信誓旦旦地宣告自己如何如何喜欢真诚，可是，当你对他真诚得不掺一点点假时，他的脸马上就变成了黑红花面馍，即使脸不变心也变了，骂你恶语伤人，是傻子疯子恶人坏人，是不可交的人，你算完了。人们也都信誓旦旦宣告自己最反对虚伪，可是，当你对他甜言蜜语时，他马上脸如桃花，即使板下脸子否定你时，他心里也喜欢你了，认为你是好人恩人知我者爱我者，你便交了好运。可见真诚是饿汉，没有缚鸡之力，虚伪是壮汉，是打虎的武松。不过，对真人对亲人也不得不虚伪时，总会有一种凄凉悲伤的感觉，凄凉悲伤的时间久了也就不凄凉悲伤了。

家家都有一本难念的经，清官也断不清家务事。真诚也罢，虚伪也罢，需要吃啥就端啥，端来对方不吃会更不愉快。有爱五八，没爱四十，反正人人都有一个家，合得不易，分手更难，将就将就，一天一天过下去吧。

愿每个家庭充满真诚，充满爱，就是没有爱也要永远爱下去。

一九九二年

本文系中篇小说《多了一笑》创作谈

小城今天没话说

这是在五台山宾馆里做的一个梦。

五台山有很多很多的庙,有很多很多的神,也就有了比很多很多还多的善男信女,他们都虔诚得很,烧香磕头,看样子也有一颗大慈大悲的心。我看了,心灵也被洗了又洗,因为穷,没有用进口的高级洗涤剂去洗,六根便没洗净,我便有了邪念。要人对人也像对神一样虔诚该多么美妙!神是洞察一切的,知道我想把人神均等看待就恼怒了,夜里便罚我做了这个噩梦。

醒了,心里还记得这个梦,脑子里乱哄哄的,头痛。睡不着了就胡思乱想,忽然想起了一件往事。我们村里有个女人,长得还可以,说不上多么漂亮,可在小山村里就成了绝代佳人。因为她比别人的老婆美上几分,女人们便气她,男人们便想她,背地里便说她:长这么漂亮,就不信她不和别人那个;长得这么漂亮,就不信没人那个她。人们闲了凑在一块儿就说她,百说不厌,男人们说起来就醋,女人们说起她就气。后来,她被一个村干部奸污了。男人不敢对村干部怎么怎么,就往死里打她,她哭得痛不欲生,男人气得像红头牛一样疯了。人们却皆大欢喜,快活得按捺不住,到处奔走相告,说这女人:日她妈,可叫她长这么漂亮!骂她男人,日他妈,可叫他找这么漂亮的老婆,可叫他去美吧!男人们憋了多年的醋意消了,女人们怀了多年的仇恨解了。

美被毁灭了,苦的是一家,乐的是众人。人啊,何必呢,平常不是都说自己的心肠最软最好吗?

梦中的小城,只为了一斤韭菜就轰轰烈烈了,就活得有滋有味了,就像过盛大节日了。叫人可悲,悲了想想也怪可怜的。又想起了关公战秦琼,这是韩复榘的杰作,汉朝人大战唐朝人,战也得战,不战也得战,老子有权就得战。石县长们给弯月搞的是拉郎配,配也得配,不配也得配,大家叫配就得配,配了才顺人心合潮流。这戏好看,提劲,看过了笑过了浑身就产生了力量,就兴致勃勃地去干自己的好事了。要不是这场戏,有多少人少干了多少好事,多可惜呀!

只有弯月可怜,被发配到了深山老林,可是谁去可怜她?这戏还没演完,弯月走了,人们看不见她了,还会不断想她,想她在深山老林里还会不会和人那个。有一天她从深山里走出来,老了,丑了,大家就会互相说,哎呀,没看头了,没一点点看头了。只有到这时人们才会断了想头。美是什么?是朵好花。是好花就有人去采,折下来自己玩,或是送到花店里卖给有钱人看个新鲜,看几日枯了就像垃圾一样扔了,一点也不可惜,再买枝鲜艳的,想也不想花也有生命。还有石县长,官运能亨通吗?识时务者为俊杰,他俊吗杰吗?不俊不杰就得臭,不臭也得臭,出淤泥而不染,用高级香水洗过的人跳到粪缸里照样一身臭,不信,试试。人说,万般皆下品,唯有当官好。这话,也未必是真理。真理是当个好人真难。

难!活人难,长得好了难,干得好了更难!难是难,人们却都想活,说不想活的人是离死还远着,真到死时就想活。还都想长得美,长得不美了还要花大钱去美容院加加工,弄个假美。也都想干好,干不好就气,就奋发图强,一定要赶上别人超过别人,明知山有虎,偏要山上行,知难而进。这就是人!

小城今天应当没话说,不说都脸红,说了脸更红。本来就没话说,没话可说,因为这是一个梦,小城挺好!

一九九二年

本文系中篇小说《小城今天有话说》创作谈

106

想起"狼来了"

——关于《笑城》的回信

李作祥同志：

　　来信拜读,拙作《笑城》引起您的兴趣,我十分高兴,十分感谢。您对《笑城》的看法,可说比我的初意要深刻得多。特别您的设想,使我受到了启发,受益匪浅。我甚至想根据您的启示,再写《笑城》的下篇。

　　《笑城》是今春写的。当时在外地一个小城参加一个笔会,闲来无事去街上走走,见商店里摆满了飞鸽车,却没有买主。我感到奇怪,随便问一个正在买杂牌车的人,我说:"怎么不买名牌车?"对方很不礼貌地看了我一眼,接着又哼了一声。除此之外,一个字也没说。但这一眼一哼给了我莫大的刺激。那眼神里包含的东西太多了,好像我是个天外来客,好像我是个骗子,好像我是个二百五⋯⋯一连多天,那个可怕的眼神一直盯着我,缠着我,使我感到了冷,感到如芒刺扎心。后来,我打听了一下,原来那

"飞鸽"牌车子是假的。我大惑不解,就问:"明明知道是假的,为啥还卖?为啥还光明正大地卖?"对方好似比我还大惑不解地反问:"这坏啥事?这有啥稀罕?"回话中还夹有一丝笑意,笑得叫人可怕。好像这事很正常,好像不这样卖假才是反常的。

于是,我想了很多,当前的,历史上的,许许多多往事都涌上心头。作为一个过来人,都曾有过一颗纯真的心、诚实的心。可惜,随着日月的转移,如今这纯真的心诚实的心没影了。是自己把它丢失了,还是被谁偷走了?应该把它再找回来。可是到哪里去找?中华民族有一个传统的美德——诚实。诚实的人容易相信别人,相信人胜过生命。可是,这种美德如今换成了什么?人,再诚实的人,当他被一次次欺骗之后,他的诚实也会变了质。这种变是坏事,也是好事。不欺骗别人是美德,可是,一直愿意被人欺骗而不加怀疑,恐怕就不算美德了。于是,我就写了《笑城》。

您说,想起了"狼来了"。我也读过此文,还是很小的时候,当时只当成一个笑话来读。当然,也受到了启蒙教育。为人不可说谎,说谎会害人,更会害己。您提起此文,令我想了许多。好像"狼来了"只是吓小孩的,大人们与此无关,此是一。还有,暂不谈那个可悲的小孩,他是咎由自取,狼吃了他不亏。我倒想说说大人们,他们被骗过几次之后,便假作真时真亦假,当狼真来了,他们也不去搭救了,结果小孩被狼吃了。他们心里做何感想?他们会后悔,会惭愧,会埋怨,会痛心一辈子。他们一定会说:"为什么他哄我们时,我们信以为真? 为什么他在说真话时,我们倒认为是假? 我们要再相信一次该多好!"可惜,他们被骗怕了,失去了信任的耐性,结果演出了悲剧。这怨他们吗? 也不见得。相信吧,可能是假的;不相信吧,可能是真的。真真假假乱了套,使人的心也乱了套,不知该如何才好。《笑城》的结尾写到,小城的人都很自豪,互相祝贺:"不错啊,好啊! 咱们的小城全睡醒了,到底也没哄住咱们一个人!"小城笑了。可我写到这里时哭了。为什么哭? 我也说不清,只觉着小城的人可怜可悲可笑可恨又可爱!他们醒了吗? 他们没醒吗? 似乎是醒也没醒,没醒也醒了。他们的精神负担太重了,是值得同情的人。

正像您说的,《笑城》还有许多不足之处,也有可能写得更好一点,可惜由于水平所限,就这样匆匆发了,如能引起读者一丝联想,也就算大幸了。

谢谢您的指教! 顺祝大安。

一九八六年十月三十日

我的小井

俗话说:"一方水土养一方人。"我信这话。

作为一个作家,我是不够格的。我的文化程度低得可怜,且又家居深山,常年多见树木少见人,交通不便,信息不灵,没有同行之间的交流和探讨,使我成了一只井底之蛤蟆。这些,对于搞创作都是不利的因素。为了有利于创作,最好的办法是改变这种状况,不过这无异是一种幻想。我不能使时光倒流,从头学起;也无力易地而居,住到文学空气活跃的地方。既无法改变处境,又要搞文学创作,只好在不利的环境中求发展,避开自己的所短,利用自己的所长,为自己的创作找出一条出路。找来找去,没有别的路可选择,只有走深入生活这条路,写我们这个地方与众不同的生活。

三十多年来,我一直在一个小村子里生活,与群众同欢乐共患难。多数时间里,我处于生活的最低层,比当时的四类分子的处境还要差得多。因为，他们是死老虎，打不打他们无关紧要，我却是一只半死不活、时死时活的老虎，理所当然我成为打的重点。我常说，全大队的四类分子应该感谢我，因为我承包了全大队的一切打击，才使他们得以幸免。这种生活对我来说，除了痛苦的一面，也有幸运的一面，这就是赐给我一个真正深入生活的良好机会。当人们全不把我当成一个人时，当人们认为我不能对他们有丝毫的不利影响时，他们竟然当着我的面商量如何盗窃集体，商量如何炮制某个人，甚至当着我的面研究如何往死处整我。当然，还有更多的好人，他们也常常当着我的面商量如何玩弄上级，对付错误的命令和瞎指挥，商量如何破坏一场斗争会。好人和坏人都不背我，把我当成了没有知觉的一块石头或一棵小草。善良和野蛮，愚昧和聪明，愤怒和欢乐，失望和希望，这一切都赤裸裸地展示在我面前。不幸的遭遇给了我幸，这幸就是使我有机会认识了活生生的社会，认识了活生生的人。虽然，有很多年我被剥夺了一切权利，没有读过一本纸印的书，但却天天在读无字的书。当然，我认识到的只是一个小小的山村，比起轰轰烈烈的大社会是微不足道的，但这对我的创作来说却是一口汲之不完的小井。

　　每当我拿起书读时，看到别的作家写的宏伟的场面，叱咤风云的人物，我就像看到了汪洋大海中的远航巨轮，在顶风破浪前进。我羡慕佩服之余，便自叹不如，不由为自己的无才无知感到深深悲哀，真想搁笔不写了。可是，欲罢不忍，再想想，也终于为自己找到了一点点安慰之词。我的面前没有汪洋大海，自己也没有驾驶巨轮的能力，我只能身在高山上的小井里，但从这小井里也能看到日月星辰，井里也有春夏间丛林绿染的倒影，也有秋冬的一片两片落叶，使我也能感受到四季更替，感受到冷暖的变化。自己没条件跳出这口小井，再恨这口局限了自己视野的小井，便不屑于写这口小井，那才是自己真正的悲哀。何况，地球是各种地形组成的，如果全是汪洋大海就不成为地球了。井水虽少，又没有狂风巨浪，但终归也是水，同样能反映出世间冷暖，井水的时深时浅、时清时浊也能反映出晴旱雨涝。文学创作需要汪洋大海，但都写汪洋大海和远行的巨轮，也未免太单调了。天不转路转，常看汪洋大海的人，偶尔遇见一口小井，说不定会感到这也是世间一景，也会不由自主地捧起井水喝上几口。一想到这些，我就爱我的小井，并决心努力写好我的小井，不再为身在小井中而感到悲哀了。

这就是一个井底蛤蟆想说的话。如果说这是重复阿 Q 的语言，那么，我想多少有点阿 Q 劲头也没多大坏处。

一九八六年四月

关于新故事创作

我是写小说的,写故事是外行,讲故事的写法是班门弄斧。几年来,写了几篇,承蒙读者厚爱,给我评了奖,我感激感谢,也愧不敢当。

说经验一点也没有,只说几点体会。

一是巧。故事全靠情节吸引人,情节要有起落,首尾要有反差。起落要大,反差要强。情节要曲折,不曲折吸引不了人,但一直曲折也就不曲折了。要有张有弛。一波未平,一波又起。未平好,已平也好,让读者松口气,以为解决了,忽然矛盾又起,使松了的心又紧了,更加想看个究竟。当然,未平的波和已平的波都得是后一波的伏笔,不能另起炉灶,才能使故事深入发展,才能推向极致。短篇故事特别要情节简单紧凑,不可用众多的情节去讲一个故事,但细节一定要丰富动人动心,避免忽东忽西乱了读者的注意力。一条路走到底,走走可以歇歇,歇歇是为了走得更有力又花样翻新,可以走八字步、四方步,可以慢步、快步、跑步,咋走都行,但到结尾时一定不能再走四方步,得来个冲刺,结尾才有力才精彩。

巧,除了情节新巧之外,还有一个更关紧的巧,就是首尾要针锋相对,用文学术语讲,就是要相反相成。讲好,好到底还是好;讲坏,坏到底还是坏,就没有意思了,就没有故事了。往北走九十九步,看得清清的是往北走的,到了第一百步忽然发现是往南走的。巧处是那九十九步,得叫读者相信是往北走的。难就难在第一百步怎样才能否定前边的九十九步,否定得自自然然,否定得合情合理不出人意料。一路步步是谜,轻而易举来个回马枪,把前面的迷雾全扫光了,阴雨中突然看见了太阳。

再一个是圆。编瞎话编得滴水不漏,一点也不勉强,虽不是真的,一定得像真的,符合生活的规律,全在情理之中。这两年有个说法,纯文学胡思乱想,通俗文学胡编乱造。两者是一个病,就是不合生活规律。写故事不离奇不引人,古怪也不行,叫人一看就知道是假的,不信。胡说八道、云天雾地、异想天开、露蹄子露爪不算好故事。一定得是生活中可能发生的事。叫人读了信,是真的。曲折是故事的本性,可信则是故事的生命。戏不够,神仙凑——现代故事不能用神仙了,得用生活和智慧来补充。宁可少点曲折,也不能叫人不信。故事是写人的行为,人的行为也不能不合人的本性,太出格了就不是人了。瞎编,就是闭着眼不看读

114

者的脸色。读者不可欺,读者都是有脑子的,会想,会思考,会分辨真伪。反对伪劣商品,也包括伪话伪故事。

还有一点是深,也就是思想性。中国的民间故事传下来的,多是劝人行善,鞭挞邪恶,这是中国佛教文化的特点,也是人类希望的寄托。写故事也应该有感而发,也应该帮助人们分辨善恶。故事应该新,新了才有吸引力,因为人的本性就是喜新厌旧,追求新奇。光新不中,得深。不论扬善,不论打恶,都得有自己的独特发现。我写故事《争祖先》,唯一使我感到满意的一点,是人们对不存在的鬼都肯施舍几张冥纸钱,可是对公家就露出了狰狞的面目。对公家不如对鬼,叫人痛心。单纯的离奇曲折没有多大意思,得给读者留下点什么。不论大小,总得有点发现,把别人没意识到没认识的东西揭示出来,这也是深,也就是帮助读者认识生活。这是所有文学作品的功能,故事属于民间文学,也应有这个功能。

故事是一门专门学问,我只是才学着写,没有研究,大家是写了多年的老手,我和大家比,只是个小学生,是上了岁数的小学生,还希望大家多指教多帮助。

一九九四年三月

读书与创作

俗话说:会看的看门道,不会看的看热闹。这是讲的看戏。读书也如此。回想我自己读书,即属于看热闹的一类。虽然也读了一点书,但多是为了欣赏或解闷,没有从中学得应该学到的东西。如读一个小说,我也感动过,流泪过,同情书中的好人,憎恨书中的坏人。也曾引起过我很多联想,促使我去思考一些问题。可是,我从来没有认真去研究过一篇作品,它是用了什么手段使我产生了爱和恨? 它是如何刻画人物,如何表达感情,如何打动读者心灵的? 这些我全然没有研究过、探讨过,当然也就谈不上从中学到了什么技巧。有人可能讲这是过谦之词,因为我也曾写出过几篇东西嘛,但这绝不能证明我在文学创作上有素质。因为,一个腹内空空的作家,往往会因为对某一段生活有特殊感情,虽然也会写出一两篇作品,但是,没有丰富的文学知识,肯定不能成为一个有成就的作家。

我写不出好的作品，因素很多，读书不求甚解也是一个主要因素。

一个大作家讲，桌上的书要少，肚内的书要多。这大概是读书的经验之谈。有人虽然读过很多书，叫博览群书吧，可是读了不研究，不汲取其中的精华，读过就忘了，于己无补，虽读千部书，腹内没一页。有人虽读书不多，但每一部书都能吸收，学习人家如何巧妙构思，如何深化思想，如何刻画人物，如何运用语言，等等，从这一部书中学到很多东西，并且发挥开去。虽然他读书不多，却读一部当十部用。正像有的人吃得不多、不好，但吸收能力很强，身体很胖很棒。有的人吃得好又多，但吸收能力很差，身体很瘦多病。读书大概也是这个道理。

学习写作最重要的方法之一是读书。不要指望从创作经验谈中去找门道。因为一个作家最精彩的经验就是他写的作品，没有比他写的作品更能体现他的经验了。他对他自己大概是最不保守了，他所有的经验和技巧都会表现在他的作品中。因而，想学哪个作家，最好的办法就是读他的作品。

通过认真读书，对某个作家作品的分析，一定会发觉这个作家的擅长和特点。这样学到手的感性东西，会比无血无肉的几条经验更有益于自己的创作。

一九八一年

没有一二三

　　什么是小说？小说怎么写？这玩意儿不敢有条条，有了一二三就坏了，就很难写出小说了。我五十年代学写小说，那时虽然没定出小说法，可有个无形的法，入了心，入了骨，一直左右着我。一直到今天，一提笔写就心不由己、手不由己地照那个老路走了，走得很顺。有时写了几页，有时写了几千字，看看还是那一套，只好撕了重新写。每写一篇都在拼命地挣脱自己的枷锁，自己解放自己最难。我发觉了一个秘密，七十年代至今，新作家写的小说又多又好，除了他们素质高，他们的最大优势就是心里没框框，没有小说该怎么写的无形枷锁。历史是个包袱，经验也是个包袱，包袱背得沉了，就压得走不动了。我就是走不动了的一个，现在不过还是挣扎着爬行罢了。

　　我不是不愿跟上队伍，只是心里老有个小说一二三。不仅写，还要看，还要听，对生活凡符合一二三的就看得清，不符合一

118

二三的就视而不见。听别人讲什么，符合一二三的就听得津津有味，不符合一二三的就成了聋子。从认识生活到选择生活再到表现生活都被"一二三"框得死死的，新鲜的生活吸收不了，这就是我的悲剧。好一点的是我还认识到这是悲剧，没有把悲剧当成喜剧，没有把该扔了的东西当成宝贝死死抱住不放，我今天才能写出点东西。

　　我还有个不如年轻作家的致命弱点，就是一个"怕"字。天下不怕的人大概不多，从我的记忆中查来查去，一九五九年有个彭德怀不怕，"文化革命"有个张志新不怕。不怕是不怕，却被不怕毁了。别人今天怕不怕我不知道，反正我还怕。提起笔就不由得怕，再好的语言再好的细节和情节，我都要三思四思五思，看看想想会不会叫人捉住把柄，分析来分析去，要觉着可能留下祸根就把它删了扔了，一点也不可惜。"文化革命"前，我写过个中篇，里边说一个中农和一个贫农吵架，吵得天昏地暗。"文化革命"中一分析，天是共产党的天，地是社会主义的地，"天昏地暗"不是反党反社会主义是什么？为这四个字挨了十年斗，挨了十年打，差一点家破人亡，痛苦万状，苦不堪言。今天看似笑话，谁知会不会还有这一天？为一句话一篇小说断送了饭碗断送了性命，划得着吗？何况"文化革命"时还年轻，要老了再来一回，可就和人世拜拜了。理智也知道不会再有了，潜意识总有个不怕一万就怕万一的阴影在作怪。写起小说不是千方百计在创造什么艺术，而是在千方百计躲避一切是非。自己也知不对,和别人比比自愧,愧了又有自作聪明的安慰:别人别能,他们是不知厉害,没吃过家伙。就这样装能,自己写的东西便弱人七八分了。

　　我常想,不知道写小说要有个一二三,也不知道写小说还会惹祸,心里要没有了这一切,这样的人这样的心一定会写出好小说。

　　　　　　　　　　　　　　　一九九三年

感觉不良

　　写了一辈子东西，说大话算是作品，说实话仅算作文。几十几的人了，又靠卖文为生，老说自己写的东西是小学生的作文，自己脸红不说，别人还会说是虚伪。为了给自己抹粉，也为了让别人说声真诚，就硬着脖子承认作家了作品了。

　　我这人土里生土里长，没上过几年学，也没读过几本书，更没研究过土夫子和洋夫子，不敢冒充秀才。要说创作经验，一点也没有。经验是什么？是把成绩和成就总结起来，供别人学习，供自己陶醉的东西。这东西是个好玩意儿，越总结成就越大，越总结缺点越少。我不会总结，也没这个宝贵习惯，便找不出自己的伟大、自己的辉煌，便总是没有信心，越写越发现自己不中。这不是虚心，我也是个人，也很想自我骄傲骄傲、自我陶醉陶醉，可惜没那个本钱。我写稿写得很难，常常为了写一句话找不到合适的词，写了撕、撕了写，有时候能写十几遍还词不达意，可见我笨得够水平了,可见我肚里空空了。好不容易写出来了,发了,有人说不错了,我听见了,马上就会想到宾馆饭店里的酒席,人们吃多了山珍海味,吃腻了,火腿烧鸡端上来,人们不动筷了,忽然上了一盘烤红薯,便见筷子乱伸,便都说这才是好东西,吃得很香。我想,我的作品就是那盘红薯,我便自我安慰,自我得意,红薯走运了,总比背运的大肉好,总算人们爱吃。连这样的良好感觉也只能维持三五分钟,就又想我真是块好吃的红薯?我写了一辈子,又是在大山里苦熬,是不是人们出于怜悯才叫了声好,或是见我写得可怜,像穷人端出的酸菜面条,出于礼貌,再不好吃也得说句好吃好吃?我就是这样不断地怀疑自己,没有点滴自信,写起东西便不由得一字一句想来想去,像做字一样,写得很累很苦。

这样说了,很有点犯嫌疑,好像在故作虚心。当然,我也多少有点小聪明,这个小聪明,就是逃避。有逃避灾难的,有逃避自由的,有逃避爱情的,我是逃避自己文化的不足。什么派,什么流,什么主义,让人眼花缭乱,好不好?好!虽说有些我读不懂,可我不想落伍,也想学,不能走在潮头,走到潮尾巴上也算潮过。我学了两年,底子太差,贵贱学不会,就泄气不学了,就又走老路。我想,都去潮了,我在潮外头,物以稀为贵,说不定还是个稀罕物哩。这也算是投机取巧吧。我投了取了,这也是无奈,并不是不想往高枝上站。有一段时间,表现自我很时髦,我也很想自我一下,却不知道自我在何处。人活在世上,天大的本事一个人也活不成,

122

自我只能存在于千万个自我之中，才能活成，才能成个社会。这样说很可怜，连表现自我是什么都不懂，还妄谈自我，叫人笑掉大牙。笑吧，活个人不能白活，能出个洋相让人笑笑也算一大贡献。

在文学这个汪洋大海中，东西南北的潮来潮去、潮涨潮落，我入不了潮，潮也不要我。想来想去还是走自己的路，还是老老实实写生活。不是说文艺要为人民服务吗？生活是人民创造的，写生活就是写人民。生活是一本很厚很厚的书，这本书要啥有啥，酸甜苦辣，喜怒哀乐，无所不包，无奇不有，有情节，也有细节。都说天下文章一大抄，就是指的抄生活这本厚书。抄什么，怎么抄，就看会抄不会抄了，会抄的抄出个佳作，不会抄的抄个平庸之作。生活对任何人都是公平的，都是一样的多情，不会因为你的地位高低就眉高眼低。我没慧眼，读生活这本书常常读不懂，难分好坏，往往把好的漏了，把不怎么好的抄上了，结果常常平庸，心里老感觉对不起生活。

一九九三年

坐井观天,坐天观井

我家住在山里,山里多草木,多见树木少见人,天长日久,我就成了草木之人。再加读书少,见识浅,像坐在井里的蛤蟆,一直认为天只有碟那么大,要是比碟大了,就怀疑不是天了。

前年有幸,跳出了小井,随作家代表团去南方参观访问,才知道天大得很,大得没边没沿。不说五光十色的城市,单说新村之新就叫我看得像在做梦。农民心大眼高,不是多收三五斗就谢天谢地的农民了,也不是多得三五毛就沾沾自喜的农民了,他们开创新领域,建立大业绩,不再是弯腰弓脊的奴隶了,竟成了顶天立地的大丈夫。看看他们住的,多是千姿百态的小洋楼,屋里的摆设不是缺啥有啥,而是世上有啥他们就有啥,也穿西装,也大声说话,还吃罐头,还喝可口可乐,还吸外国香烟,有的农家还请有保姆。屋里那个干净劲,那个整齐劲,那个豪华劲,比县里宾馆最高级的房间还高级,还舒坦,还阔绰。我看了似醒不醒,难道这真是农民的家？过去一想到农民就想到了贫困，农民和穷、脏、乱是同义词，从没想到农民也能为自己创造如此美好的生活。我惊叹不已。一路上都迷迷糊糊，常常夜里不能成眠。发了财有点钱为啥不攒着？当个农民吃个白馍就行了，为啥要过这种日子？这种日子像话吗？农民过这种日子还算农民吗？咋看也不顺眼，咋想也别扭。我把这些想法告诉了同伴，大家笑了，笑得很开心，反问我："为什么城里人过这种日子你就认为应当了？"我说："因为……因为……"因为什么也说不出来了。我开始否定我自己，我想大概是坐井观天坐长了，超过了白馍水平就接受不了，超过了白馍就认为不应当了。我发觉自己落后了，跟不上时代了。

后来回了家，又跟几个同志去深山区访问。这是全县百分之十的贫困乡中的一个，土地很少，因为种种原因林子又被剃光了头，如今是树没树地没地。我们去一家访问，这家人在当地是有头有脸的人物，爹是老党员，儿子是会计，用"文化革命"的术语来说，党政财文四大权中他家就掌握了党财两大权。可是，屋里一贫如洗，不要说没有八十年代的东西了，连二十世纪初的东西也没有。我找了半天，才在外面窗台上发现了一双半旧解放鞋，这就是这家人现代化的东西了；再看看吃的，玉谷掺煮山荆叶，一锅黑糊糊。到了今天，竟然连个白馍也吃不上，我不由叹息："没想到真苦啊！"

主任惊讶得大睁两眼，不知所以地反问："咋苦？不苦啊，可比以前美多了!"他这一说,大家也好奇地看着我。我的脸红了,心虚了。人家本人都不嫌苦,你为什么说人家苦?整整一天,我都闷闷不乐,农民为什么对这种生活过得心安理得,难道以苦为幸福才是真正的农民?夜里同伴们听我说了思想,一阵哈哈大笑,说:"你别出去跑一圈回来就坐天观井了!"我发觉自己又错了。

这两件事过去几年了,可我一直忘不了。坐井观天不对,因为你会认为比碟大的不是天;坐天观井也不对,因为你会认为小如碟的不算天。这都不合实际,不合时宜,还会讨人嫌,弄不好还会犯错误。于是,我就开始寻找自己的屁股应当坐的位置,又很难找到一个正确的位置,只好不断地移来移去了。这就是我近年来的创作心态。

一九八七年十月

126

岁首的话

——给朋友的一封信

××,信拜读,谢谢关心!

我越来越感到压力太大,都有点承受不了了。人非草木,孰能无情?开春,在当时的空气下,地委给我评了个模范政治思想工作者,就已经使我感动万分了。县委也多方照顾我,今秋又开了我的作品研讨会,报刊上还发了些评论文章。那些都使我不安,深感受之有愧,常常夜不成眠。大家说了那么多的话,有许多都说过头了。我想,大家这样办这样说,都是为了鼓励我,为了给我注入新的动力。像老师表扬学生一样,不外是为了叫学生争取好成绩罢了。如果我不能继续写出点什么,大家的好话就变成了我追悼会上的悼词了。常常想到"悼词"二字,就害怕,就心神紧张。好话好听,听多了会使自己忘了王二哥贵姓,也最易使人丧志。我更怕无所事事,明年无颜见江东父老。你知道我水平低下,写点东西难得很,绝不像有人想的那样,掂起笔画画就行了。

我现在才真有点后悔。前些年把许多时间浪费了,为了各种家务事分心太多了。作家的功夫应全在文章中,如果在文章外就完蛋了。我是懒散惯了的人,现在忽然要紧张起来就有点受不了,可是,受不住也得受。我决心"死"两年,把生命用到读书、生活、写作上,除此都是身外之物,都叫它"死"了。这就是我现在的心情和情况。

原来,我打算冬天到郑州去赶暖气,在那里写东西,现在不想去了。因为收了心,在家里写得也顺,也就不去了。日前,珠影来电,想把我的几篇东西改成电视剧,邀我前去,我已谢绝,任他们去改,我已下定决心要"死"了!

谢谢你了!祝新年好!

一九八七年十二月

创作与生活

——给朋友的一封信

××同志,您好!

您几次约我谈谈创作,盛情难却,我当面都应允了,到写时又后悔了,因为肚里没水,倒不出来。写小说是一回事,谈创作又是一回事,这是两门不同的学问。谈创作得有一点学识,我没有。没有学识的人谈学问,就成了马戏团的小丑,得有点滑稽的才能,我也没有,所以只好有负您的错爱了。

想想,不会写也得写点什么,要不就显得我这个人不识抬举了。于是,我就硬装好汉写了。写的是创作和生活的关系,人人皆知的老生常谈,老掉牙的话题。我写小说,是因为我笨,不会干别的,正因为当时的历史条件,不准我干别的,上策中策都走不通,才走此下策了。我没学问还要写小说,有人问我有什么巧处能处。没有,一点也没有。纸印的书我读得不多,可我天天读生活这本活书。生活是一本很厚很厚的宝书,无所不包,无奇不有。

129

我的小说不是自己创作的,都是在生活这本书中抄的。有人把写小说讲得玄而又玄,神秘得很,雾天雾地,我不敢说不赞成,我只能说我听不懂看不懂。我听不懂看不懂,是因为我没学问。我常想,没学问的人看不懂听不懂的东西,大概才是真学问,所以我也不排斥,就努力去看努力去听,想从中得到一点真经,有时也真得到一点,我就很高兴了。

我写小说写得很难、很苦,一篇小说往往写几十个开头,往往写几年,改了又改,几千字的小玩意儿,倾尽了全部心血。老婆说,看你写稿比生娃子还难,真可怜人!可怜就可怜在我太没学问了。前边说我的稿子都是抄的生活,抄的还这么难吗?难。生活中无奇不有,无所不包,丰富多彩得叫人眼花缭乱,看一眼是这样,再看一眼又成了那样,看十眼也难以看透。再说,也不是所有的东西都可以抄,也不是随便抄一段就成了小说。你得为自己负责,你更得为社会负责,你得为读者着想,你就不能乱抄。抄什么才好?有学问的人眼明,一看便知。我没学问,往往十看百看选不准抄什么,难就难在这里。还有个怎么抄的问题。棉花不等于布,棉花得纺成线才能织成布。生活不等于小说,得把生活中的细节理成线才能编织成小说。纺线织布得有技术,把生活理成线编成小说得有技巧。抄什么怎样抄,都得有点学问。我的老师讲,学问家不一定是作家,作家得一定是学问家。没学问要当作家真是自讨苦吃,难死个人。李準写过一篇小说,叫《李双双小

130

传》，里边有句俏皮话，叫"先结婚后恋爱"。我和同龄人搞创作时，新中国成立不久，整个社会文化水平低，我们是先创作后读书。现在怕不中了。现在的青年人，都是先恋爱后结婚。现在搞创作，也得先读书后写稿了。这是时代的要求，是潮流。我写了一辈子小说，认真想想，没有什么值得总结的经验，只有一条教训，就是读书太少，先天不足，竭力想把作品写得好一点，可是不能，有时想得怪美，可是底气不足功力不够，表现不出来，想的和写的相去十万八千里。每次稿子写完，都感到莫大的遗憾。有什么办法？只有永远遗憾了。

想谈的还有一些，正在往下写时，忽然有人请我去陪客。穷住闹市没人问，这句话我体会最深了。一个大年下，没一个人来过我家，也没一人请过我。好孤独，我感到自己已经不在人世了。好不容易有人请我，虽然我不会喝酒，但还是逮住这个机会放下笔去了。

这是个文场，都说不会喝酒，只好边吃边谈了。因为互不熟悉，话题不便涉及国事，更不能涉及人事，经过大家不断探索，终于找了共同语言：谈论吃喝。这是个人人感兴趣的话题，争相述说自己在某地某地吃过什么稀罕物。我是倒数第二个发言，前边的人都说得神乎其神，我怕我再说什么也引不起大家的兴趣，何况我也真没吃过什么仙物。我想了想说："我在东乡吃过一种红薯，又甜又软，吃到嘴里像喝蜜一样。"我说完了，人们以为还没说完。停了停有人问："就这?"我说："就这。"没想到大家一脸不高兴，顿时冷了场。我说的是实话，大家却觉得我在嘲弄奚落人，在挖苦他们说的吃过什么。主人发觉我败坏了大家的情绪，就赶紧催最后一个人说说吃过什么。这是一位陌生的长者，看样子很有点身份，他笑了笑，说："我吃过囫囵小猪，在广州。"这真是一语惊人。长者看看大家专注地在听，就接着说："这可是贵重菜，招待总统才吃。母猪怀孕到五十天，把母猪杀了，是用从肚里取出没长胎毛的小猪做的。人家那馆里做饭的手艺非常高，端上桌时，小猪在盘子里立着，头昂着，眼睁着，尾巴还乱摆，和活的一样，就差没跑没叫。那肉又嫩又香，嚼到嘴里就化了，肉吃完了，骨头架还站在盘子里不倒。"他说得眉飞色舞，不住咂嘴，好像余香在口。大家听得流涎水，频频称奇，夸对方口福不浅。回来的路上，我问同席的某君："你在广州待过十来年，吃过囫囵小猪没有?"某君是个粗人，淡淡地说："球，那不叫小猪，那叫乳猪。别听他胡球吹，根本不是那种吃法。"我说："不论咋吃，为了吃个小猪杀一头母猪，一下两条命也未免太残忍了!"某君笑了，说："你真的信了? 按你这样说，戏里唱铡陈世美，唱一回真铡一个活人?"我说："我小时候可信，看了《铡美案》就想着唱戏的可怜，唱一次得死一个。有一次我还和几个同伴跑到戏台后面，看他们把死的陈世美埋在哪里。"某君哈哈大笑道："现在你不信了，还有小孩信。球，真的假的都是戏，真的假的都有人信，信比不信强。"

回到家里,我还在想着某君的话,显然他吃过乳猪,他也不信那位长者说的。那位长者是胡吹的无疑了。可我又想起某君在酒席上听长者讲话的神情,没有怀疑,没有嘲笑,更没有当面纠正长者的话,反而好像自己没吃过,连听说过也没有,听得十分专注,听得一脸新鲜感,还不断地"哎呀哎呀",来表白自己今日方开了眼界。我想,我和某君认识多年,只是认识个表面,今日才认识了他的心,太虚伪了。可又想想,某君才真是个好人,大好人,如果他当面拆穿长者的话,那会是一种什么场面? 一定会使长者难堪,使客人扫兴,使主人难以下台,这才是真正的残忍。某君这种宽容的态度,使我想到了我已经写了一半的创作谈。从头再看一遍,不外是我在酒席上说的吃红薯,不外是那位长者在酒席上说的吃小猪,要是变成了铅字,得到的也只能是类似某君的宽容。想到这里,我就把写了一半的稿子扔进了炭火里,我想这才是这稿子最合适的去处,我顿时感到了解脱。

真对不起!

顺祝大安。

一九九〇年二月十二日,农历正月十七

辑五　过河

我这半辈子

我没有创作经验，只有创作体会。

* * * * * *

我是一九五四年开始学习写作的，这一年我得了肺结核，住了几个月医院，就转业回家了，叫带病回乡复员军人。家里只有我一个人，后来找了个老婆。开始时日子还能过下去，因为有钱，复员费加上医疗费总共将近一千块钱。现在一千块钱不算什么，当时可是一笔了不起的财富，一角钱能买十二个鸡蛋，盖瓦房的瓦才六厘钱一块。要买鸡蛋能买十二万个，够吃几辈子，要盖瓦房能盖几道院子。当时还年轻，不知过日子艰难，再加上是团员，觉悟很高，村里修水利没有钱，我就捐了八百元钱。捐钱时很天真，没一点点邪念，上级叫我很荣光了一番。没想到这一捐却捐出了后祸，"文化革命"中为这件事没少挨打，为啥要捐？有啥阴谋？一百张嘴也说不清。这是后话就不说了。钱捐给公家了，自己成了穷光蛋，又有病做不了重活儿，生活便没了着落。

想去教个小学，我上过简师，相当于现在的初中，又在部队当过文化教员，我就去找教育科，一位领导说得一点也不客气，说，你这个人咋这么不道德，自己患肺结核，还想把肺结核传染给下一代！这话很伤面子很伤感情，气过了想想也真有道理。没了出路又没了钱，生活越来越困难了，白天没盐吃，夜里没油点灯，再加上当时人们心目中的肺结核比现在的癌症还怕人，好像和谁说句话就会把死亡带给人家。捐钱的荣光劲、亲热劲没有了，人们见了我就远远躲开。

我很孤独，每天躺在麦地埂上晒太阳，浑身本来就瘫软，太阳一晒更软得像团海绵，不死不活地躺着，常常想到死。死不主动找我，自己又没有勇气自杀，就这样和死一样地活着。

悲观厌世极了就看闲书，也没什么书好看，只有一本从部队带回来的《钢铁是怎样炼成的》。不知哪一句打动了我，我就萌发了写东西的念头。

我这个人一身缺点，只有一点长处，那就是多少有点自知之明。我知道自己没文化，上简师时恰好跑"老日"，从河南跑到陕西，说上学还不如说逃难准确，大字不识几个。开始学写作，就没想过当作家，也没有听说过"作家"这两个字，只知道有学问的人才写文章,自己没学问不敢冒充秀才,有了这点自知之明,就没敢写什么长篇,也没想过一鸣惊人。才开始只写民歌,四句四句的。这时已经一贫如洗,混得不像人样了,没纸没笔没墨水,找邻居家学生娃的旧练习簿翻个身当稿纸,一个鸡蛋换个蘸笔尖外加一包颜料粉,就这样开始了"写作"。也算命好,《河南文艺》发了我四句民歌,还给寄了三元稿费,这时才知道写稿还给钱。三块钱解了我的大难,当时我的大女儿才生下来十五天,得了肺炎,也就是惊风,没钱医治,只好找草药扎旱针,百扎不愈,想着才到人世上又要离开人世了。有了这三块钱,抱到街上打了一支盘尼西林,也就是现在的青霉素,她才活下来。

这四句民歌现在只记得两句:"高高山上一棵槐,姐妹两个采花来。"现在看是上不了桌的,能够发表是当时整个社会有文化的人不多,写稿的人更少,我沾了这个光,才把二十八个字变成了铅字。我们这个山村没人上过书,我上了,乡里人就另眼看我了,好像多了不起了,原来不搭理我的人又争着给我说话了,我看到了笑脸就悄悄笑了,认为自己真有上书的材料了,便不知天高地厚地学下去,现在回头想想,也多亏不知道当作家的苦处和难处,要是知道了以后会因为当作家受那么多磨难,说啥也不学着当作家了。话再说回来,当时我要没病没疾有盐有饭吃再有几个零花钱,我也不会去学着写稿的,我完全是被贫困逼上文学这条路的。

＊　＊　＊　＊　＊　＊

自从发了四句民歌，活得有点滋味了，就到处找有关民歌的书，拼命读、拼命写。半夜里想起一句话，就爬起来记到本上。只几个字，划不着穿衣服，夏天还好，冬天冻得浑身打战，冷得情愿。想着发了一个，下一个还会发。谁知再写就瞎火了，寄出一篇又一篇，石沉大海了。这时才知道写稿不像上山割柴，担不回来一百斤，也能担回来五十斤，万一脚扭了，也能砍根棍子捣着回来。这玩意儿不中，可能十篇百篇一个字也发不了，白费劲。天数长了，有人说了，发那四句是瞎猫碰个死老鼠，我想想也许，可能是排版排到那个地方空了一小块，编辑为了补白，顺手拿出一个小稿填上了，我的四句民歌就是被顺手顺上的。这样一想就像皮球跑了气，再也踢跳不起来了，看胡子也不是杨延景，收兵卷旗，又去想肺结核又去想死了。

就在这时出了一件祸事。我在部队住医院时，同病房的有一个病员叫黄光，不断有大官来看他，从他们的谈话中知道他常跑香港，是个神秘人物。我对他很尊重，再加上比他年轻，倒茶提水我争着干。我临出院时，黄光说，咱们在一块儿住了几个月，也算病友了，我看你是个老实人好人，送你一块手表做个纪念吧。我受宠若惊，嘴里说不要不要，却伸手接住了，激动得心乱跳，当场不好意思戴上，跑到厕所里看看没人才戴上。我兴奋了好久好久，常常半夜里把手表放到耳边听，伴着嘀嘀嗒嗒的响声美得直笑。不久，我戴着手表回家了。

上世纪五十年代初，手表是稀缺物，低级人不要说戴了，看看都很光荣，何况还是块英纳格名牌表，据说全县戴这种高级手表的高级人没有几个。当时还年轻，不懂人情世故，不懂得活个人要想平安，得处处事事不如人，不可有一件事比别人做得强，也不可以有一件东西比别人的好。在村里，在人前，我故意卷起袖子炫耀着，真是该烧不烧心里发焦，该露不露心里难受。我露了，也烧了，自己不发焦不难受了，却扎得别人发焦了难受了。有个叫老李的驻队干部，托人给我说，当个农民得像个农民，戴个手表影响多不好，也没益，叫他卖给我吧。我说，这表是领导送的，我卖了不是把人家的心意卖了？我没答应。老李又托人说了几次，还出了高价，说给五十块钱。又说是为我好，别人会说地主出身还不老实，戴个手表，是不是还想高人一头呀！我忘了针是铁打的，听了这话火了，不识时务地说，我就是不卖，看看谁能把我怎么样？

我错了，没几天就被"怎么样"一家伙。

* * * * * *

这天，刚吃晚饭，有人来叫我，说老李喊你。我去了，老李在

141

邻居张家院里坐着,见我来了就说:你现在去大队参加地主会。我头嗡地一大,很快又反应过来,说:凭啥叫我参加?我是转业军人,青年团员。老李说:转业军人青年团员就不是地主了?我说:上级有政策,不按地主对待。我说完扭头就走。老李虎生起来拉住我,说:不按地主对待就不是地主了?咋啦,写几句顺口溜就想翻案,我看你是吃了天胆。他死拉着我往北去大队开地主会,我死拉着他往南去县委问政策。当时,年轻气盛,再加上相信党,晕胆大,打了一会儿拉锯战,很多人来看热闹。结果,他没拉去我,我也没拉去他,打了个平局。他去大队了,我回家了。

半夜,有人狠狠敲门,喊:乔典运起来!起来!我问:谁?对方说:民兵。我老婆吓坏了,说来抓你了。我起来开了门,四个背枪的民兵说:工作队梁队长叫你去。看架势是老李告了状,我心里咚咚跳,嘴上却挺英雄,说:去就去。

到了大队,民兵叫我站在院里。梁队长出来说:你和老李吵架了?我说:是,老李和我吵架了。梁队长说:当着那么多群众的面顶撞老李,他以后还怎么工作,去给老李道个歉。我不,我说,当着那么多群众的面宣布我是地主,我以后怎么活人,他应当给我道个歉。梁队长再三劝我,我一直不干,还说了手表的事。梁队长是县委干部,有水平,通情达理,也没有强迫,无奈地说:你回去吧,好好考虑考虑。

我回去了,老婆吓得身子还在筛糠,看见我哇地哭了,说:我

142

当你抓去回不来了。我把经过说了一遍,老婆说:别考虑了,还考虑啥,你就低个头认个错吧。我说我给他认错,谁给我认错?后来,梁队长没再找我。我想,梁队长懂得政策,可能还批评了老李。老李在队里逢人就说,跑了初一跑不了十五,早晚他得参加地主会。只要我还在这里驻队,他就得开会。

我知道了,憋了一肚子气,不服气,我不想死了,偏要活。我想去开个会,去省里开个会,让人们看看我也是个人,是个革命人。于是,为了争气,我又发奋了,黑夜白天学习,不写民歌了,写寓言。第一篇寓言叫《照前顾后》:

夜,漆黑。

甲乙丙同行,经过乱葬坟。

甲问乙:你怕不怕?

乙说:怕。

甲说:你怕了你走前面。

甲又问丙:你怕不怕?

丙说:怕。

甲说:你怕了你走后边。

乙和丙问甲:你怕不怕?

甲说:我不怕,我走当中照前顾后。

※　※　※　※　※　※

《照前顾后》寄给了《河南文艺》。这一回不是四句了，是十几句。这时候，我的日子越来越不好过了，急着想叫发表，好像发表了就能证明我是个革命人了。

老李是工作队员，老李说我是敌人，村里人就说，人家老李是国家干部啥不懂，人家还能说错了？原来有些胆大的人，不怕肺结核还敢和我说话，听老李一说见我也远远躲开了。我才知道，地主比肺结核还可怕，死症。一天早上，老李找我训话，坐在干河的桥栏上。老李说：你放老实点，要像个地主出身的样子。我说：什么样子才像地主出身的样子？这时，乔四炮来了，他是我远房的族兄，我叫他四哥。他也是个转业军人，解放西峡城时立过大功，一条又黑又壮天不怕地不怕的汉子。他坐到对面的桥栏上听我们谈话。老李问乔四炮：你看他像个地主不像？乔四炮没有回话，只是瞪着两只大眼。我气极了，我说：我知道了，把手表给你我就不像地主了。老李气昏了头，他的手枪耷拉在屁股上，不知为什么忽然把手枪从屁股上掂到面前。乔四炮猛蹿上去夺了他的手枪，喝道：你敢随便杀人呀！老李傻了，质问：谁要杀人？乔四炮说：你！老李说：啥证据？乔四炮说：我亲眼看见的。老李要手枪，乔四炮不给，两个人争斗了一阵，乔四炮拿着手枪回家了。

144

老李对着乔四炮的背影说:你敢夺干部的手枪,你想反了! 又回头恶狠狠地说我:你串联人夺革命的枪,你等着吧!

这一回我可真瘫了,越想越怕,乔四炮是贫农,受蒙蔽无罪,定我个操纵谋反的后台可就没命了。老婆更怕,哭,哭个不断头,好像已经是寡妇了。我屙尿都不敢出门,在家里等死。隔了一日,乔四炮来我家了,嘎嘎大笑,说:没事了。原来,武装部的曹部长来了,乔四炮汇报了老李强买手表的事,曹部长很恼火,把老李调走了。当然,枪也交给了曹部长。乔四炮末了说:共产党可不是国民党,想胡球来没门。不过,乡下人都是看日头做活儿吃饭,你要个手表烧啥! 想想也是,为这块手表差点掉了脑袋,再说啥人啥打扮,卖! 我一狠心跑到街上卖了,老李给五十块钱不卖,结果三十块钱卖了,少得二十块钱,还多得罪了一个人,图个啥? 傻屌!

卖手表的第二天,《河南文艺》来了,上边登了我的《照前顾后》,还寄来十块钱,没冤枉煞了我,又登了我的稿,共产党真好,我感激感动得差点哭了。村里人又说开了,老李调走了,书上又登了人家的文章,看样子不是敌人。不久,工作队叫我去帮忙抄抄写写,从此人们又和我说话了,还对我笑。我也笑了。

＊　＊　＊　＊　＊　＊

当时讲究觉悟，给工作队写写抄抄，白写白抄，不给一分钱报酬，我也高兴得像个落难秀才中了状元。后来，搞统购统销，工作队又叫我包了个村，我成了不拿工资的工作队员，家里活儿全部撂给了老婆，我去给群众开会，叫卖余粮，大家在旧社会饿怕了，不愿卖，就搞评议，评议谁卖多少就得卖多少。卖了是爱国，叫你当模范，给你光荣。不卖，对不起，开会熬你，罚你站雪地，还有怎么怎么。人也真怪，身份一变心就变了，我忘了自己也是个老百姓，比拿工资的工作队员还积极，比最讲认真的共产党员还认真。有个姓张的远房姑父，在没人理我时只有他理我，他有抵触情绪，说他家卖不了那么多粮食，随便发了句牢骚。我马上汇报了，他的党员预备期被延长了两年。后来想想，出卖亲戚朋友，我也不是个好东西。你说图什么？什么也不图，当时兴这个，觉得应当，有事不可不对党说，瞒了党就良心不安得睡不着觉。

这期间我黑夜白天跑，把肺结核也忘了，没忘的只有一件事，就是写作。我知道我被当成个人，是工作队看我能写几句，我揣个小本，听到生动的话，见到生动的事，都要记下来，后来我才知道这叫深入生活，夜里回得再晚，我也要写点东西。《河南文艺》又发表我几篇寓言，就来信鼓励，说我有生活，叫我写点小说试试。当时,来信署名都是编辑部,到今天我也不知道是哪位编辑发了我的四句民歌,感恩都找不到对象。

我开始写小说是一九五五年,当时好像敌人特别多,刊物上发这一类小说不少。说敌人如何如何破坏,人民如何如何识破,逮住了狼外婆和装成美女子的蛇。我也如此这般写了,第一篇《两张告示》寄去很快发表了,第二篇《捉狼记》又很快发了。每篇都一万多字,挣了二百多块钱稿费,多得吓人。我这个人生就的小虫骨头,有了这几个臭钱就高兴疯了,常常约村里的同龄人进城,下馆子吃饭,去剧院看戏,我掏钱。说心里话,真不是拉拢收买,工作组对我越来越好,拉拢收买个农民干啥?图个快活,也可能是好炫耀的病又犯了。

这时,合作化运动轰轰烈烈了,我给刊物写文艺作品,给《南阳日报》写通讯报道,三天两头见我的名字,名有了,钱有了,二十多岁就好像成个人物了,便有点忘了自己是何许人。村里办初级社,我也参加发动群众,说这是光明大道,是奔向天堂的桥梁,激动得热泪滚流。群众发动起来了,纷纷参加了,庆祝成立大会时敲锣打鼓,三眼铳的炮声震撼人心。我的心也被震撼了,不是为了庆祝,是我参加合作社的申请被拒绝了,别人光荣的时候,我流下了耻辱的泪水。

* * * * * *

没入上社的也有人笑,他们庆幸土地和粮食还是自己的。我想的是脸和光荣,就深深悲伤。地富不准入社,这是政策,我给群众宣传过。当初想可能给我例外一下,谁知还在例内,我沉重了多天,思想斗争胜利了,把包袱扔了。给群众讲政策的人,怎么对自己就想不按政策办?想通了就照样给工作队抄抄写写,照样写自己的稿子,工作队长表扬我,说我是留在社外的合作化积极分子。我想到了党外的布尔什维克,耻辱感马上跑了。

批了小脚女人,社会主义的脚就大了,合作化运动立时掀起了高潮,初级社才没几天又要转高级社了,这是个天天都火红的年代,一天几喜。初级社分配是地四劳六,土地也分红是剥削,高级社全部按劳动分配,比初级社优越多了,是再上一层楼,离天堂更近了。还是敲锣打鼓,还是高呼口号,热烈得连牛头上都戴着红花。我被激动的社会激动了,一个早上写了一篇八千字的小说,歌颂人们向往高级社的热情,题名《送地》。这一回产生了点野心,想往高处走走,送到了《长江文艺》。当时省里没有作家协会,中南大区才有,叫武汉作家协会,《长江文艺》是武汉作家协会的机关刊物。赶上合作化高潮,稿子送去就发了,还是个头条。全国十几家刊物也转载了。文学先辈姚雪垠写了一篇批评文章,郑克西写了一篇反批评文章,都在《长江文艺通讯员》这个内部刊物上登了,展开了半年之久的讨论。武汉作协给我来了信,我才知道还有文艺批评这一说,才知道还有作家协会这个组织。我颇有点小人得志的扬扬得意,就得意扬扬写得更勤奋了。

好事是坏事的种子,种下去就会结出苦果。武汉作家协会给我寄来了会员申请表,叫填好让乡里盖个章再寄去,我就成作家了。我喜坏了,送来的当天就填了,填了的当天又拿到乡里,想着盖个章当天就可以送邮局了。当时没有自行车,是一溜小跑去的,跑到乡里我报功似的说了,说得很开心。谁知乡里说,先放下,研究研究再说。我无可奈何地回去了,我想,研究就研究,又不是坏事。等了几天,我又去乡里问,乡里说,你不要再问了,这是组织对组织的事。我不知道如何个对法,托人打听。打听清了,乡里说,作家协会一定也是个革命组织,贫下中农都没有参加,怎么能叫个地主参加,岂有此理!以后要发稿子就发贫下中农的。

像判了死刑马上要枪决了,我顿时傻了。

＊　＊　＊　＊　＊　＊

爹死了,恨妈,咋给弄个地主?妈在贵州跟我哥住,没地方发泄,就憋得慌。十二亩岗坡地,年年春荒吃秕豌豆,天天不吃盐。

冬天没穿过袜子，袄里没套过布衫。真享过福，当了也不亏。我恨爹恨妈不恨党，因为符合政策，十二亩地全部出租，哪怕只出租一亩，也是剥削。大地主和小地主一样，这理儿我服。

也有不服的，我是个带病回乡军人，躺着吃民政局补助是革命，站起来吃自己的劳动就地主了，这理儿通吗？还有，说团员是党的后备军，我这个团员怎么成敌人了？写稿也是革命，不叫写稿不是不叫革命了？做不了重活儿，又不叫写稿，不是断了活路？团员不算了，命也不叫革了，也不叫活了，剩下的还有什么？我被子包住头睡了几天，老婆怕我愁得犯了病，说去街上玩玩散散心吧。我想也好，就约了同龄人去下馆子去看戏，谁知请吃请玩不灵了，都推托不去。工作队也变了，再不找我帮忙了，我发觉只有死路一条了。

我绝望了，但又不甘心，想来想去只有一条路好走：告状。不像现在，胆小如鼠。当时，懂得很少，不知道有"屈死不告状"这句谚语，还有点胆。再加上对党相信惯了，相信党会给我生路，相信党就有了勇气和希望。我写了状纸，抄了好多份，送到县里，寄到地区寄到省里寄到北京。稿子是不写了，写也没用，不像现在，只要写得好编辑部就发表。当时可不中，刊物发稿之前要调查，当地领导部门签上同意盖上公章才能发表。在等回信的日子里，为了解忧解愁，我读了不少书，可惜入心的不多，心全跑到猜测上级如何回信了。

一天上午,工作队的梁队长到了我家,我们已经很久没见了。他说:你的问题县委做个决定。他把文件递给我,上面只有半页字,不知是凶是吉。我手抖着接住急急看去,县委研究了我的情况,决定不按地主对待,按革命军人对待。下面盖着鲜红的县委公章。我又能活个人了,我差点哭了,差点喊出万岁!

梁队长走后,我又把决定看了几遍,老婆也看了几遍。这是叫活的圣旨,是护身符,是命根,千万不能丢了。放哪里?看遍了角角落落也没有个保险的地方。忽然灵机一动,把文件塞到墙上洞里,再用报纸把整面墙裱糊住,就是武艺超群的神偷也休想拿走我的命根子。

有了县委文件真能永保平安吗?

* * * * * *

我终于参加了武汉作家协会。本来应当高兴高兴,可是经过重重磨难之后,我开始懂得了想平安,你就要不如人;想找死,你就比人强。我学乖了,这一次不欣喜若狂了,变得像孙子了。这就是进步。

不久,《长江文艺》通知我去写稿。当时谁上省里一趟都很光荣,我上的是武汉,面上不敢光荣就心里光荣。这是我初次为写作出门,又激动又怯生。到了编辑部,老师们很随和,把我领到小楼上的一个房间里。里面已经住了一个人，有点谢顶，穿着对襟布扣衣服，不像干部。老师们介绍，他是李文元。我知道李文元，唐河县人，读过他很多小说，听说有的翻译到国外。是老师又是老乡，我就很崇敬他。我们住在一个屋里写稿，他给我讲他的经历，如何创作，还领我去参观长江大桥。当时不兴招待，我们在街上吃饭，很简单的饭，他掏钱的次数比我多。住了一个月，忘了他写的什么，我一篇还没写好，就接到了河南省文联的电报，叫我们去郑州写东西，说得很急，我们就马上去郑州了。这一去，李文元就被自己的笔杀了。

我们下午到了郑州，住进省文联招待室里。李文元是个名人，又跟很多人熟，受到热烈欢迎。李準拿了十块钱，夜里在文联主席苏金伞家里摆了一桌，为李文元接风，我也跟着吃了喝了。他们都是老师，我是小学生，我睁大眼听他们谈话，听得似懂非懂，我佩服得五体投地了。

我们又被安排在一个房间里，各写各的稿子。我得庆幸我给工作队帮忙，每天听到的都是高级社的优越，都是新人新事好人好事。因为我汇报我那个姑父，不满的话听不到了，满脑子都是高级社好。我写了个小说《和好》，说一个媳妇来婆家没带土地少分红，家里为这不和，高级社取消了土地报酬，一家人和好了，证明了高级社的优越。李文元写了一篇小说《柳暗花明又一村》，写一个统战分子在县里开了会，觉悟觉到天上了，回到村里召集有问题的人传达上级精神,说要调动一切积极因素搞社会主义。我们还没走,刊物就出来了,我的没发,李文元的那篇发了,还是个头条。作品引起了强烈反响,电台采访了他,广播了他的创作经验《从套子里走出来》。

我很沮丧,他很高兴。祸兮福兮?

* * * * * *

回家路上,想到李文元的小说轰动了省城,自己出来几个月一字未发,何颜见江东父老?想想就自悲自叹,暗暗下了决心,一定要追要赶,向李文元学习,将来要和李文元一样也来个轰动。

从家走时,穿得很土很坏,在武汉买了件蓝咔叽呢大衣,还买件开斯米毛衣,没武装到牙齿,也武装了全身。还给老婆扯了许多花布,装满了新买的箱子。回到家里,老婆欢天喜地,说我换了个人。我却一点也不高兴,还唉声叹气。老婆问我又出了什么事,我说了大败而归的经过,老婆说,天也不能光晴,也总有下雨的时候,下罢了还会晴,这回不中还有下回。这话有理是有理,心里还是不快,人家是个人,咱也是个人,住的一样房间,吃的一样饭,为啥人家中咱就不中?

没等我闹完情绪,就听到了省里的广播,看到了省里的报纸,说《柳暗花明又一村》和《从套子里走出来》是两株大毒草。毒在

153

哪里？地富反坏会有啥积极性？有的只是反党反革命的积极性，调动他们的积极性干什么？司马昭之心，路人皆知，是推翻社会主义的新中国。在批判文章的照耀下，又读了《柳暗花明又一村》。小说里写的是社会主义积极性，批判文章上变成了反革命积极性，这一变就变成了毒草。还有那篇《从套子里走出来》，这套子有什么不好？为什么要走出来？要走向何方？绕来绕去把人绕得迷迷糊糊，是非曲直难以分辨，也没想去分辨，听党的，党说对就对，党说错就一定错，天下还有谁比党英明正确？

这时没有了对李文元的羡慕，也没有了对自己的气恼，满心的庆幸。李文元是贫农，写了这样的作品都劳改了，自己成分不好，要是写了这样的作品一定罪加几等。还想，写文章真是危险，发不了是白吃苦，写错了就是想白吃苦也不叫吃了，得去住不掏钱的房子。从此，提起笔不是想着把文章咋写好，是先听见李文元对我说，可千万别走我的老路，别为一句话、一篇稿子弄得家破人亡！为了保平安，我开始读理论读领导讲话，读得特别入心，时时拿区别香花毒草的六条标准来制约自己，一言一行一个字也不出格。

这时，县里才开始大鸣大放。一天，通知我去参加县人代会的反右斗争，我心里咚咚跳着去了。

* * * * * *

我已经当了几年县人大代表，还是人民委员，每次去开会都无忧无虑，跑得很欢，这一次不由腿软得像面条，明知道自己没有反党言论，还硬是怕，怕惯了。怕去时容易回来就难了。

天黑了，我磨磨蹭蹭才赶到县城，会场在小学的宿舍里，地上铺着麦秸，我悄悄溜进去，一屋子烟味，不是炮火的硝烟，是喷云吐雾的旱烟纸烟味。人们正在激昂慷慨地战斗，没人注意我，我坐到墙角的地上看去，被斗的是刘校长，也是个人民委员。听了一阵，才明白他的罪恶，原来他说人民委员是花瓶是摆设。我没发言，不是同情他，是糊涂，对双方的论点都想不通。花瓶不好，粪桶才好？堂堂大厅里放的都是芳香扑鼻的花瓶，没见过谁在大厅里放个臭气熏天的粪桶。再听下去，才知道是刘校长嫌代表没权，这就是刘校长的不对了。我这个人可能浑身都是毛病，只有一样好处，就是没有野心，从来没想过混进革命队伍，更没想过混个一官半职，能当个代表就受宠若惊了，何况还叫当个人民委员，和书记县长一个屋里开会，一个桌上吃饭，心满得溢出来了，再没他求了，还要权干啥？这样想却没敢这样说，想到李文元的下场，一文之错毁了一生，三十六计，不说才是上计。再加上都争着觉悟，这个没说完另外几个就抢着发言了，自己也争不上，乐得当了一夜哑巴,眼睁睁看着刘校长再不是校长了,想权更没权了。

回到村里,又参加了高级社的大鸣大放,工作队一个劲动员叫写大字报,说写了是觉悟,是热爱党,开了几天会,很是轰轰烈烈了一番。我没写,不单是参加过省里反右斗争,真是没有不满的情绪,跑汉口跑郑州又有钱花,正在感恩戴德;群众就是有意见也不对我说,怕我汇报。自己没有不满,也不知道群众的不满,满眼都金光闪闪,挤到底一个字也没写。也有人写了,一个姓王的转业兵,贫农,写了一张大字报,说"端起碗照相馆",意思是饭如清汤能照见人影。也是他命中注定有灾。正在批他时,恰巧他老婆给他送饭来了,是很稠的玉米糁汤,有人把筷子扎到饭里,筷子不倒。大家吼天吼地,说这么稠的饭怎么是照相馆? 批他造谣破坏恶毒攻击社会主义。面对稠饭,铁证如山,他只好低头服罪。农民不打右派,按照政策给他戴了个反社会主义分子的帽子,地富反坏右的队伍又多了一个人了。

我参加了三次大鸣大放,总算有幸一路顺风过关了。

* * * * * *

和李文元一起写稿时,听他谈话感到开窍、新鲜,别人都说他有思想有独到见解。我自叹不如,自己懂得太少了,也想和他一样有自己的思想。

反右结束,我的《和好》发表了。想起作品没发时自己的懊恼,想起李文元作品发了时的红火,才几天工夫,哭的笑了,笑的哭了,世界变化可真快,命运可真会玩弄人。这样想了就没有往日发表作品时的欢乐了。

　　我还是写稿,只是不再黑夜白天专门写了。几年来有了钱吃得好些,整个心思又用在创作上,早把肺结核忘了,忘了它它就跑了。为了保证以后不犯错误,我决心投身到轰轰烈烈的社会主义建设高潮中,在劳动中改造自己的世界观。这时,高级社要在三里湾修水库,我就报名参加了。这是一种军事化的生活,集体住在工棚里,吹号上工,吹号下工,不准回家。每到开饭时,成群结队的婆娘娃子提着小桶小缸来送饭,大家在一块儿吃,都互相看看吃的什么,倒也十分热闹。当时还没有高音喇叭,铁皮做的喇叭筒,一天到晚哇哇啦啦响,表扬好人好事。说这个人是黄忠,说那个是穆桂英,根据不同身份赐给古代英雄好汉的名字。我笨,不会做别的,就挖基坑,一天夜里下着雪,基坑里结了冰,还在挑灯夜战。我跳在冰水里,激得骨头里面痛得扎心,想跳出来又怕别人说是逃兵,想继续干又确实连一分钟也坚持不住了。正在这时,喇叭响了,夸我是赵云夜战马超,说来也怪,这一吆喝竟然把冷赶跑了,心里身上顿时热乎乎的,我一直干到天明,别人来换时才下火线,可见政治能挡饥挡寒威力无穷。当赵云只当一会儿,却换来了终生关节炎,直到如今每逢天变,脚脖和膝盖都钻心地

157

又痛又困，忍不住了叫老婆闺女给我捶。老婆说我是爱叫人戴高帽子，我说，天下有几个不爱戴高帽子的？只要帽子不大不小戴上有啥不好，反对戴高帽子的人是因为自己没戴上眼红罢了。

没有白干，在火热的生产高潮中，真正感受到了群众改天换地的热情和力量，我利用工余时间写了不少小说和散文，河南人民出版社给我出了个小集子《磨盘山上红旗飘》。

没有正经干几天，又要跑步进入共产主义了。

* * * * * *

这时候刚刚一天等于二十年，人们都敢想敢干，聪明才智任意发挥，连开会也得花样翻新，造一个又造一个惊天动地泣鬼神的奇迹。

一天，乡里开生产队长会，报产量，我不是队长也去了，叫我听听写个新闻报道。会议开始，领导动员，讲大好形势，讲超英赶美，讲人有多大胆地有多高产，讲得头头是道，人人心里烧着一盆火，接着报产量了。一个老打头炮的生产队长先报，他说他们今年鼓足了干劲夺得了大丰收，亩产小麦三百多斤。旧社会庄稼品种老化，又没化肥，耕作技术落后，亩产小麦只有一百多斤；解放后党关心农业，推广优良品种，亩产年年递增，也不过亩产二百多斤。大家听说他们亩产三百多斤，羡慕得不住咂嘴，连连称奇。

158

领导却大失所望,批评他思想保守,是小脚女人,把一个硬纸剪的老母猪戴到了他的胸前。大家一听一看都傻脸了,谁都不敢开口了。领导又作动员,说报产量不仅是看你打了多少粮食,更主要的是看你有没有冲云霄的雄心壮志,愿不愿意超英压美。老天爷,美英是头号二号帝国主义,恨不得彻底消灭他们,不愿超他压他不算中国人。接着又报,第二个报了四百多斤,以为差不多了,谁知还不中,被戴上了老牛拉破车的牌子,大家你看我我看你,谁都不愿跟上去,可是不报又躲不过去,领导点名,不怕不开金口。第三个戴上奔马的牌子,第四个戴上了汽车牌子,第五个戴上了火车牌子,第六个戴上了飞机牌子,产量由二百多斤上升到八百多斤,直到一个姓王的队长戴了火箭牌子才算告一段落。功德还没圆满,不能不叫人觉悟,不叫人革命可不对,领导对后进的人说,别人能做到的你们为什么做不到?革命不分先后,欢迎大家认清形势,参加到革命的行列里来。会议从早饭后开到半夜,为了回家吃饭睡觉也得迎头赶上,于是,老母猪老牛奔马汽车火车飞机一下子都变成了火箭,皆大欢喜,会才散了。领导交代我快点写个稿子,争取早点把喜报出去。

回家路上,我问队长,真产那么多粮食?队长是我那远房姑父,大概还记得我曾汇报过他对统购不满的事,冷冷地反问,咋,你不相信?我不敢往下问了。

这天夜里我一眼没眨,在煤油灯下熬出了一篇稿子,说我们乡里如何夺得了大丰收。天刚明,我就得意扬扬地把稿子拿到乡里,等着领导看了表扬我写得好写得快,谁知领导看都没看就把稿子撕了,黑着脸子说,操他奶奶,睡了一夜人家可亩产几千斤了。

我傻脸了。

* * * * * *

小麦亩产一千多斤、两千多斤、三千多斤,一直亩产到七千多斤,套红的号外一天发几个,不等你想想,新的号外又飞来了,信不信? 报上登的还能假了? 信。也没有不信这个贱毛病。再加日日夜夜战天斗地忙得轰轰烈烈,满脑子都是热情激情,谁有闲心去分真真假假。只要有了人,天下没有创造不出来的奇迹,相信这句话天下就没有不信的事了。

这时候公社化了,眨眼工夫到处办起了食堂,共产主义是天堂,人民公社是桥梁。食堂优越性很多还很大,可以解放妇女劳动力,共同架金桥,共同奔天堂。吃饭不要钱,不用自己操心,饭来张口,多美,多好。齐天洪福,有人还不愿享。不愿意? 好办,叫你现身吃一下试试。这天在五里桥学校里开吃食堂现场会,我有口福也去了,餐厅设在教室里,摆了几十张八仙方桌,一桌八个人。一时三刻,端上了八大碗,牛肉猪肉羊肉鸡肉鱼肉鸭肉豆腐粉条,看了都流口水,饭是虚腾腾的白馍加大米干饭,比过年吃的还要香十倍。大家吃得直乐直笑,才知道吃食堂就是上天堂,为啥不上?没一个人想过吃完了怎么办,好像到时候天上会下粮下肉。参加会的都是干部积极分子,都觉悟,饱汉也知饿汉饥,回去坚决把食堂办起来,叫大家也都尝尝天堂生活的滋味。

这时候青壮年都住在水库工地,第二天一早,号声响了,大家紧急集合,领导做了简短动员,兵分多路各回各的村里,去破坏一个旧世界,建设一个新世界,把食堂办起来。当我跑步回到家里,把大锅小锅、盆盆罐罐、案板菜刀拿到村边坟园里时,那里已经堆满了做饭的用具。说来也怪,当时的人没有一点私心,没有一点杂念,没有一点恋旧,好像不是拿自己的,是拿敌人的,都是欢天喜地拿去的。坟园里堆满了,大家抢起杠子镢头,把锅瓢盆盆罐罐砸了个稀巴烂,然后哈哈大笑着回到了工地,只用一个早上就告别了几千年单家独户做饭吃的旧生活。

这些事是不是太荒唐了?当时可没这样想过,每天都在紧张热烈新鲜中度过,每天都有一种神圣快乐的感觉。这时候我也不写小说了,写小说表达不了内心狂热的激情,天天写民歌,有时候一天能写几首,都是些云天雾地的顺口溜,现在找到的还有一首:

公社稻子长得强,

攀住谷穗上天堂,

地是竹笋天是仓,

打的粮食没处装。

如今说起当时的浮夸风,想想自己也不甘落后,脸红。

* * * * * *

年好过,月好过,日子难过。啥叫过日子,有了柴米油盐酱醋茶这七样东西就能开开门过日子,还是地主老财的好日子。穷人不敢妄想这七样东西,只要两样:柴和米。有了这两样才能活命。现在看来这两样东西极平常,谁家不吃个白馍,可是几千年来为了柴米不知难坏了难死了多少老百姓。如今办起了食堂,过日子的事公家全包了,再也不用自己操心了,谁不高兴? 食堂初办,有的是东西,不仅叫吃饭还叫吃好,今天吃啥明天吃啥,定有食谱,贴在墙上,天天不重样,比在自己家里吃得好多了。每到开饭时,全村的人都涌去吃大锅饭,说说笑笑敲着碗,好热闹好快活,都说上辈子积德好,这辈子进了天堂。谁也没想过细水长流,好像粮食大大的有。上级说,人有多大胆,地有多高产,只要胆子大,还怕没粮食? 赫赫有名的大科学家大专家马上说,对,对得很,不仅亩产可收几千斤,还能打万斤。又是实地调查研究,又是写论证文章,批判了过去广种薄收的旧耕作法,还献出了秘方,就是少种、高产、深翻、密植,一个村一个队只种几亩地就吃不完了。于是几百人围攻一块地,深翻,深翻,再深翻,翻几尺深,翻一丈多

162

深,然后一亩地撒上几百斤种子。再然后就是算账,一斤种子有多少粒,乘上几百斤,等于多少粒,一粒种子出一棵苗,一棵苗上少说结一个穗,一个穗上少说有多少重,再乘以多少棵苗,一亩地能打上万斤几万斤粮食。为了表示科学,留点天灾余地,打个七折八扣,一亩地能实产稳产几千斤。这么一算,算出了辉煌,今天好,明天更好,明天天上会下几尺厚的面粉。大家喜坏了也愁坏了,这么多粮食往哪里放呀!盖仓库还盖不及哩,还愁吃吗?

当时大兵团作战,累不累?累。苦不苦?不苦,还乐。吃得好,吃得饱,还有提精神的活儿:除四害。什么叫四害?就是消灭苍蝇、蚊子、臭虫、麻雀。要数消灭麻雀最轰轰烈烈。几百人几千人正在大干苦干拼命干,突然一只麻雀从头上飞过去,几百人几千人就立时放下手里的活儿,呼喊着朝麻雀追去,千军万马奔腾的阵势,震撼天地的吆喝声,逢沟跳沟,逢河跳河,天上一只麻雀在飞,地下黑压压人群在追,那个刺激比今天跳什么迪斯科还来劲,还乐。

肚子是饱的,活儿是紧张的,脑子是空白的,日子就这样无忧无虑地过着,这是我一生中最自在的时光了。

＊ ＊ ＊ ＊ ＊ ＊

当时,吃住都在水库工地,虽说离家只有一里多路,轻易也不回家。忙,没空,看着工程一天一个样,干得有劲,玩得快乐,早把老婆娃子忘干净。一天,回家拿稿纸,发觉箱子里锁了半斗白面,有十来斤的样子,头轰一下炸了,我说:家家的粮食都交公了,你怎么私藏粮食? 老婆说:谁家不留一点? 谁没个头疼脑热? 不做碗面叶发发汗? 我查问她:你说说,都谁家留的有? 老婆嘴张了几张不敢指名道姓。我提起半斗白面找到支书,说自己对老婆教育不够,要把这点白面交公。支书说:你是带病回乡军人,身体不好,这点面不要交了,拿回去万一病了想吃什么自己做一点。我不,我说,我是个回乡军人,不能嘴在食堂心在家。我把面交给支书走了,连斗也不要了。

现在偶尔提到这件事,老婆还说我穷积极,不留一点后路,也没见赏我个什么。说心里话,当时压根就没想叫赏什么,完全是发自内心,觉着当个人就应当那么做。为什么要留后路? 只有不相信明天的人才留后路。我相信上级的话,相信科学家的论断,相信明天会比今天好一百倍,留那么一点面粉干什么?

我拼命劳动,还诗兴大发,天天写民歌,写顺口溜,蘸着汗水写,歌颂三面红旗,有的写到了墙上,有的发到报上。《河南日报》发了我的长诗《我家住在干河旁》,占了大半个版面。顺便说一句,这一年,赵树理等老作家在《人民日报》发表联名倡议,说既然已经进了共产主义,就应该取消稿费。这时写东西是白尽义务,没有感到不满也没挫伤创作的积极性,整个身心都投进共产主义

164

的热浪中了。

不久，我被选为西峡县烈军属、残退复员转业军人建设社会主义积极分子。先在县里开了会，又到地区开了会，又给戴奖章，又给戴红花，好荣光。后来，又到一个县里参观，到如今还记得清清楚楚，接待室门口放着洗脸盆架，架上放着新盆新毛巾，还有香皂，洗了脸进入接待室里，桌上摆着切开的西瓜，刚刚落座，一群妙龄女郎就给每人捧上一块沙瓤西瓜。客人刚刚接住西瓜，女郎就退到身后，给每个人打扇子。瓜是甜的，风是凉的，我的心却涌起了一股热浪，差点热泪夺眶而出。这是我有生以来第一次被这么尊敬，第一次享受到人生，真好。一个人只要诚实劳动，只要真心对待社会，就不会被人抛弃，就不会被人歧视，我在心里嘱咐自己，回去了加油干。

但愿好光景地久天长。

* * * * * *

人们沉浸在狂热之中，白天大干苦干加巧干，一天都等于二十年了还嫌少，还夜战，天上布满星，地下万盏灯，还要一天等于四十年。到处轰轰烈烈，人人匆匆忙忙。谁也不想自己，把自己全部交给公家了；谁也不想明天，明天不是天堂吗？只要填饱肚子，说叫干啥就猛干。我在村里比别人多识几个字，思想不比别人多一点,也是一片空白,只是到了初冬心里才有了一个很小的问号。

下霜了,坡上的红薯还没人出,村里有些老年人提了意见,大队干部找到了我们南岗的张队长,张队长说,不是我们队的,是新营队的。大队干部找到新营的刘队长,刘队长说,不是我们的,是坡根的。干部找了几个队,都说不是自己的,还招了很多牢骚,说啥年月了,为鸡巴点红薯还真当个事哩,划得着吗? 下雪了,红薯还没人出,全冻烂在地里。人们天天从地里经过,没人可惜过,因为今天肚子是饱的,相信明天肚子不仅照样装饱还会装得更好。

为了这事,我悄悄请教过工作队的老咎。老咎是县委干部,因为常写点新闻报道,和我有文字之交。他成分好,可是有点芝麻大的污点,差一点被打成右派,人变得很老实,说话很小心。当时,我很崇拜国家干部,看干部都是抬着头看的。我说了几个队推着不要地冻烂红薯的事,老咎像惊弓之鸟看见了射弹弓的人,审视了我许久,才说,几个队都争着不要好啊,还是争着要好? 你想想看。过去,分红以队为单位,队与队有高低,人与人也有高低,因而,队与队之间常常争地边,为了三分二分地,你说是你的,他说是他的,本位主义大发作,争得面红耳赤拍桌子瞪眼睛,闹不团结。我说,这不是一码小事。老咎说,怎么不是一码小事? 看问题要一分为二,站在右面看,冻烂几块红薯,站在左面看,没有了私心没有了本位主义,公字当头了,有什么不好! 不要只算经

166

济账,要算政治账,哪值多哪值少?我想想他说的有理,还是挺大的理,可不等于红薯不烂。他又问我有什么想法?我确实有想法,我想说是不是太公了,公得太狠了,公得对什么事都漠不关心了。我看他一本正经十分严肃,我便把到了嘴边的话又咽了下去。他又十分关心地问,你和别人说过这个事没有?我说没有。他才放心了,说,对任何人都不要再说这事了,对待新生事物要满腔热情充分肯定,千万不要怀疑。事情到此本来已经结束了,谁知临走时他又撂了一句:说话办事别忘了自己的身份!

这是一句救命的忠告,我却有点被揭了疮疤的痛楚,心里闷气,回家对老婆说了,老婆一点也不同情,说:缺你吃了缺你喝了,才几天没叫你开地主会又急了,吃饱了撑的! 就你能!

* * * * * *

冻烂红薯的事,老咎说我的话,很快就忘记了。火红的年代没空思考,也没空背包袱,我很快又全身心地投入了战斗。

为了夺取来年小麦放卫星,当时没有化肥,为了扩大肥源,群众想了各种窍门,换墙土,挖堂土。据说,百年陈土胜过麻饼,就把村里老房子扒了,把墙土施进地里。还有挖塘泥,沤叶子肥,老人小孩在村里拾鸡屎,上山拾羊屎。本来一亩地只二三百斤产量,这一年每亩地下种都下二三百斤。水足肥足,麦苗出来了,一地嫩绿,一株紧挨一株,针插不进,大地像铺上了绿羊毛地毯,着实喜人迷人。干部划出一平方地,像数头发一样数出了多少棵苗,然后又算账,说,有苗不愁长,没苗哪里想,不说分蘖发头了,一棵苗只结一个穗,一亩地也要产几千斤。算出了特大卫星,我像看到金浪翻滚的海洋,想到麦熟时的壮观景象,写了很多民歌,说麦穗长得像狼尾巴,密得结成了案板,小孩跳到上边跑步玩耍也掉不下来,给人们金色的梦幻又涂了一层光彩。转眼到了春末夏初,麦苗变得又细又瘦,这时候人们才急了愁了,才想到不好了,怕要减产了。别急!别愁!别怕!又有专家想出了起死回生的灵丹妙药,说,麦苗倒伏主要是缺肥缺光不透风,开了一个处方,肥施不进去化成水从根部往里灌,好像给病人输血。又从县城工厂找来所有的鼓风机放在地头往地里吹风,好像给病人输氧。日夜抢救,血输了,氧输了,可惜救了病救不了命。亩产连种子都收不回来,还得放卫星,别处都放了,一个地方不放能行?上级不信,派人来监督,从收割进场进仓,每个环节都有人严格监视,监督人还签名盖章以示负责不假,结果卫星还是上天了,可见我们造的发动机神通无边了。这时候我也想过我写的吹牛民歌,脸红了一会儿,也只红了不大一会儿就又不红了,因为我读了别人写的民歌,说是站在麦垛上对着太阳吸袋烟,比起人家我写的算个屁,吹得还轻,只是小吹家吧。一个人能这样想,可见良心这玩意儿要是想扔了比什么都容易。

168

卫星上天了,食堂的饭却稀了,水库工地上的粮食是从各队调拨来的,原来两干一稀,早上馍中午馍,晚饭是面条,忽然间变成了一干两稀,又变成了三稀,开始不限量。我还没什么,因为我不饿,我饭量小,不过有人开始喊饿了。领导是不知道减产还是不敢说减产? 只是给大家解释,说有些队有些人本位主义又发作了,调粮食不给;叫大家坚持,已经给公社反映了,公社会给解决的。

公社会采取什么措施呢?

＊　＊　＊　＊　＊　＊

卫星一颗颗上天了,食堂一个个告急了。粮食呢? 到底有没有? 没有等于放卫星是假的,承认弄虚作假事小,戴个否认"大跃进"的帽子可就罪该万死了。结论是粮食大大的有。既然有,粮食跑哪里了? 一定是瞒产私分了。

公社召开了反瞒产大会,也就是当时名震西峡的北小河会议。

北小河的河床很亮,只有夏天山洪暴发才流几天大水,平常是条干河。还没有大办钢铁,河里长满槐柳树,浓荫遮天蔽日,时值八月,太阳还毒,正是开会的好场所。会议规模很大,全公社的男女老幼都参加了,要求家家锁门闭户,连婴儿也由母亲抱着来

169

了。来了就走不了,会场四周由民兵站岗巡逻,任何人不准中途离开。

会议先由公社刘书记做动员,讲了大好形势,表扬了高产放卫星的生产队,然后分生产队分大队讨论,查找粮食下落。为了鼓励人们检举,谁大胆揭发,就在谁胸前别上一个红布条,谁消极对抗一言不发,就在谁胸前别上一个白布条。别小看这两种颜色的布条,事关自己是红军还是白军的大是大非。这一手真灵,人人争戴红布条,马上掀起了揭发高潮,每个队都揭发了私藏粮食的人。当时比以后的"文化革命"文明多了,对揭发出来私藏粮食又不承认的人,不打,只推只搡。人们围成一圈,东边的人把你一搡推到西边,西边的人再猛一搡推到东边,河里全是乱石,被推者踉踉跄跄跌得头破血流。我看得心惊肉跳,想起那半斗白面多亏交了,要是没交,要是万一别人揭发,我一定在劫难逃。主持会的人不知为什么把我例外了,没有给我白条,也没有给我红条,我成了旁观者,到处转悠着看斗人者的凶猛,看被斗者的痛苦。整个会场响着怒吼声和呻吟声,我看得一阵一阵头皮发麻,浑身出鸡皮疙瘩,心里紧张得很怕得很,我怕下一秒钟厄运会突然降到我头上,因为人们红了眼,只要有一个人叫谁的名字,不待说叫谁干什么,愤怒的人们就会扑向谁。我吓得愣愣怔怔,公社的刘书记在会场里四下察看,经过我身边时呆着脸压低声音对我说,不这样弄真不行。我不置可否地听着,他每次看见我都重复这句话。

我当时不明白他为什么要对我这么说。事后才想到他也心虚,怕我对这样做不满,会去县委告他的状,因为,当时我已经小有名气,和县委书记时有接触。他怎知道我比他还怕哩!

会还只是开头,接下去该怎么收场呢?

* * * * * *

连续作战,会议开了整整四天,日夜不分。不知是真没粮食了,还是为了激起群众对瞒产私藏粮食者的愤怒,送的饭全是清水煮红薯叶、芝麻叶。时值夏天,再加上这饭使人们饥火变怒火,夜里顺河风呼呼叫,大家一点也不冷,还越斗劲越大,几天几夜不眨一眼,也没有人叫苦叫累叫受不了。

会议由揭发个人私藏粮食,谁家冒过炊烟,转到揭发生产队瞒产不上交。五里桥大队有个叫王鸿烈的生产队长,就是报产量时第一个戴火箭牌子的王队长,这时成了第一个瞒产对象。火箭坐了,光荣过了,不能只光荣不交粮食! 光荣是有代价的,不是先付代价,就是后付代价。要光荣就要有牺牲。人们吼叫着问王队长粮食哪里去了,才开头他不说,不怕他不说,有办法叫他说。他终于说了,说粮食藏在麦秸垛里,藏了多少多少万斤。人心大快,马上就有白馍吃了。一群民兵奉命出发,兴冲冲跑步前去。离会场不远,只有二三里路,大家等着辉煌战果。民兵们很快转回,说

171

扒开麦秸垛,只有麦秸没有粮食。大家上当受骗了,嗷嗷叫着扑向队长。王队长吓瘫了,为了躲过眼前的灭顶之灾,就承认自己不老实,粮食没藏在麦秸垛里,是埋在保管室后边地里。人们被愚弄一次,怕他又说瞎话,就质问他,这一回是不是又说谎话?他赌咒发誓,说这一次是真的,要是再假就不是人生父母养的。民兵们二次出征,又扑了个空,回来说挖地三尺不见一个粮食籽。这一回不仅群众火了,领导也火了,马上宣布集中开大会。这时我才发觉,主席台桌子上不知什么时候放了一捆指头粗的草绳,刘书记讲话,说王鸿烈瞒产私藏粮食抗拒不交,企图破坏"大跃进"破坏公共食堂,罪大恶极。在群众一片怒吼声中,刘书记宣布把王鸿烈逮捕法办。几个民兵冲上去,扭住王鸿烈双臂,绳捆索绑,押到县里去了。曾几何时,我曾亲眼看着他坐火箭上了天,又亲眼看着他摔下来进了地狱。当初号召向他学习,今天也应当号召向他学习,可学的东西太多了,用虚假换来的光荣,注定了早晚会成为耻辱。我可怜他,但不同情他,因为他被戴上火箭牌子时也曾得意地笑过,只可怜他当时忘了笑是哭的妈,怨谁?

走了带头坐火箭的王鸿烈,跟着坐火箭的人都怕了。下一个会轮到谁呢?

＊　＊　＊　＊　＊　＊

　　王鸿烈的被逮捕，给人们浇了一盆冷水，心里都和明镜一样，卫星是嘴上说的，不是地上长出来的，真要有那么多粮食就是要命。会议的情绪一下子低落了。低了不怕，有办法叫再高起来。还是那布条，戴红布条的人稍有消极，马上给他换上白布条，戴白布条的人大胆揭发，立时给他换上红布条。当红军去斗人，谁不想当红军？当白军去挨斗，谁愿当白军？疲劳的人们又嗷嗷叫了。

　　我们北堂大队有个戴白条的人揭发乔太合，说他瞒产还私藏粮食，说得有鼻子有眼。按照惯例，被揭发的人听到说自己的名字，会主动飞跑到挨斗的地方，跑得慢一点后边就有人推推搡搡，不等上台就先受皮肉之苦。谁知有了例外，说了半天，还不见乔太合出场，人们就吆喝乔太合站出来，没听见他答应也没见他的影子，这才发觉乔太合失踪。有人说他跑了，防守的民兵说自己尽职尽责，防守严密，连老鸹麻雀也飞不出去。找了半天也没找到，突然有人叫道，啊，他吊死了！大家抬头一看，他吊死在会场上边的树上，就在大家的头顶。什么时间吊死的？开会开迷了，熬夜熬得昏了头花了眼，谁都不知道。

　　人命关天，县委知道了，马上派人来宣布散会，已经熬了几天的人们如获大赦都回家了。这个会议造成了极坏的影响，县委派工作组进行了调查，宣布这是个严重错误的会，公社的主要领导都受了严肃处理，有的被撤职了，有的被开除党籍了。老百姓们感恩感谢党都说还是上级英明，经是好经，都叫和尚娃们念歪了。

这四天四夜的会，我一言没发。是我有先见之明？是我正确正直？我没揭发别人是我不昧良心？直到如今我都怀疑，假如当时给我戴了红布条，我会不会为了表示积极去揭发别人？假如当时给我戴个白布条，我会不会为了立功去出卖别人？我想我可能也会，也可能比别人更积极，因为我也是一个极普通的人，也想生存，必须要保护自己，何况我还是个不如人的弱者。这样想了，我就不责备群众不坚持实事求是，从不认为自己高明。不过，通过这个会议，我懂得了如何生存。制造火箭的人明知是假火箭偏要当成火箭卖的人，都因为不愿和别人一样站在地上，想上天才毁了自己。从此以后，在漫长的人生路上，我夜里没做过上天的梦，白天连上树也没想过，高人自然比我高一头，见了侏儒我也要蹲下去让他比我高一头。因为想比别人高一头的人，最后一定会比人低几头。

不久，我就调到西峡报社了。

* * * * * *

　　北小河会议之后,农村生活越来越苦了。也算我命好,上级叫我去西峡报社工作了,才开始饿就吃上了商品粮,国家供应,一个月二十九斤,再也不愁吃的了。因而,我对三年困难时期的体会不深。

　　我从部队回来,接触的第一个干部是老李,为了买我的手表,把我炮制得好苦,内心深处留下了怕干部的阴影,对干部敬而远之。到了报社,上至总编辑下至一般编辑对我都很关心,给我讲业务,帮我收拾房间,领我买饭票。原来,我把总编辑看成很大的官,把编辑们也看得很神圣,没想到他们都把我当成人看,我很感动。报社没有食堂,在县委伙上吃饭。每到开饭时,大家蹲在饭场里,有说有笑谈天说地,都非常平易近人,才知道干部们都是好人。天数长了,从干部们闲谈中知道县委书记老孙的生活也很清贫,孩子多,赘子大,一家人常常一天三顿吃清水煮南瓜,只有他一个偶尔吃个白馍。当时在我心目中,县委书记是党的化身。没想到党也吃苦,和老百姓一样吃苦,老百姓吃苦还有啥怨言?老百姓再苦也不算苦,北小河会议在我心中结下的冰块一下子全融化了。

　　我的工作是编副刊,每期报纸只有半个版。当时的副刊好编,说为政治服务,其实就是为中心服务,配合中心工作,紧跟中心工作,歌颂三面红旗,歌颂群众的英雄精神,发些和季节农活儿相配的民歌和小故事。有好稿了,就改改编编,没有好稿了,就自己写点用个笔名冒充群众来稿发了。我除了编副刊,也写点通讯和消息。当时,新生事物层出不尽,多如牛毛,经常有成群结队的人敲锣打鼓,抬着成果来县委报喜,报了喜也不分真假,报社就要出个套红的号外,气可鼓不可泄,谁也不怀疑群众创造的奇迹。一天,酒厂来报喜,说做酒精不用粮食用大粪,因为食物中含的营养没有被人体全部吸收,有一部分被排泄出来了,有理。第二天,高中又来报喜,说做酒连大粪也不用,只用水,因为酵母兑入水中菌种会繁殖,会起化学作用,想想也有理。从农村到了县城,过去只看到农业"大跃进",现在看见了工业"大跃进",感到特别新鲜。我又被这种热烈气氛和群众敢想敢干的精神感染了,神经一天到晚处于兴奋状态,还是见啥信啥、听啥信啥,可见人是轻易不会接受经验的。

不久,就开始了全民大办钢铁运动,这一回超过大放粮食卫星,声势更大了。

＊　＊　＊　＊　＊　＊

报社的工作很有点军事化的味道,编稿发稿都打不得哈哈,少一篇或晚一点都会误了大事,大家忙得喘不过气。我编副刊,闲了也帮着抓点消息写写。

一天,总编叫我抓条种麦施肥的消息,当时没有化肥,种地全靠农家肥,不外是大粪和农家肥。我种过地,一亩施五六十担就不少了。我往各公社打电话要数字。有的报一亩施肥一百多担,最多的报三百多担。我怕其中有假,就把怀疑对总编讲了。总编说,不是假不假的问题,是你的思想还没解放。过去啥产量,一亩地二百来斤,现在一亩地几千斤,不施高于过去几倍几十倍的肥料能放出卫星?要抓先进带动落后,不能抓落后埋没先进。这是我进报社后第一次挨批,不敢说什么就继续去找卫星苗子。我打电话打到一个公社,找到了小×。我认识他,平时也爱写个稿子,对他的印象不错。我说了意图,他报了数字,说一亩地施肥三百多担。又抓住落后了。他要往下细说,我打断了他的话,我说,那就算了,别的地方也是三百多担。小×忙说,别急,我再看看统计表是不是我记错了?我没放电话,听见了对方翻书的声音。很快他就回话了,说,怕处有鬼,我怕记错了真是记错了,忘了个“一”,不是三百五十四担,是一千三百五十四担。我吓了一跳,也不便反驳。他滔滔不绝讲了措施和办法,说得头头是道。我把情况给总编讲了。不等我讲出自己的想法,总编就使劲表扬我,说我善于发现新鲜事物,表扬得我咽下了怀疑。我把稿子编了交上去,心里老不踏实,夜里给其他编辑讲了自己的看法,我说谁知道他翻看的是不是统计表,说不定是云天雾地的《西游记》,和孙悟空一样说变就变了。大家奇怪地看着我都笑而不语,好像我是天外来客。待人散了,好友昝申定正言正色地说我,只要有了人,什么人间奇迹都能创造出来。你不相信奇迹相信落后?你咋知道人家一亩没施肥一千三百五十四担?他不是说自己施了多少肥,他说的是群众施了多少肥,是公社施了多少肥,不相信群众不相信公社是啥性质?反罢右派才几天可忘了?相信自己绝没有好下场。说得我浑身汗毛都站起来了。

稿子发了,一颗施肥卫星上天了,小×不久就升成了秘书,我才明白添个"一"字的威力和妙处。作为他本人无可非议,一个"一"字添得不费吹灰之力,就换了个锦绣前程。虽然他可能不再一加一了,可我每次见了他总像吃了个蝇子,想呕。

* * * * * *

一辈子吃过几顿饭记不清算不清,吃了也就忘了,唯有一顿饭吃得终生难忘,不是饭,是刀子,现在正吃饭时还会忽然想起了那顿饭。

一天,我和编辑小庞去二百丈沟采访。据说那里生产队食堂办得都好,领导叫去写篇稿子宣扬宣扬。我和小庞下午去了,果然名不虚传,坡上沟里果树成林,食堂也干干净净。这里有个驻队干部,介绍了情况,说得头头是道。一个小山沟搞得这么出众,写篇通讯不会错了。说话间天黑了,离县城二十里路,我们要走,主人硬留,说是坡路不好走,还说饭已经准备好了。说实在话,要走是假意,想吃一顿才是真心。当时机关食堂硬碰硬,一顿三两就是三两,谁也别想多吃一钱,真正是童叟无欺。能在外边吃顿饱饭,是朝思暮想的头等大事,我和小庞虚心假意一番,还说,也好,吃了饭再往细处谈谈,再丰富点补充点材料,把稿子写得更好一点。在"更好"的幌子下就为革命留下了。

一间小屋里,当中摆了张桌子。饭端上来了,四个菜,鸡蛋、红白萝卜丝、白菜,还有碧绿酒。酒很次,菜很淡,在小山沟里已经算得上贡品了,按当时标准看,也算得大吃大喝了。和酒久违了,一见如故,我们三个人喝着,谈着,乐着,好不容易轻松畅饮一回。忽然外边响起一阵吆喝声,我问:怎么了?驻队干部出去看了看回来说:没事。当我们又端起酒杯时,打骂声哭叫声更大了,驻队干部一脸愠色,我说:小庞,你去看看怎么了。小庞去去很快转回来了,一脸不安地说:逮住个小偷。我问:偷什么了?我要出去看看,驻队干部不让去,说小事,喝咱们的。我没听他的话还是出去了,驻队干部无奈地只好跟着了。

惨淡的月光下,树上绑着一个人。旁边的人大声斥责着被绑的人,被绑的人在死命挣扎。见我来了,骂的人骂得更起劲了,说被绑的人坏透了,说他吃了天胆啥都敢偷,打死他也不亏。我问偷了什么,没人正面回答,从对"小偷"乱哄哄的责骂声中听明白了,原来被绑者偷了一个馍,专门准备让我们吃的馍。我的心突然沉落到地狱里了,觉着自己比小偷还坏一百倍,应当绑起来的是自己这个明偷而不是那个小偷。我又羞又气,喝道:把他放了!把他放了! 人们看我动怒了,不情愿地把他松了绑。我跑进食堂,只看到三四个馍。炊事员说,食堂已经三天没开伙了。我拿了一个馍走出去,递给那个小偷。我没说什么,他也没说什么,拿着那个馍转身跑了。我回头对小庞说,咱们回吧! 在众人沉默的目光下,小庞和我就摸黑回县城了,一路上小庞和我一直默默无语,说什么呢? 回到报社已经半夜了。

我不觉悟,回来后没敢汇报,怕说给食堂抹黑和污蔑,我推故没写这篇通讯,总算多少还有点良心。

* * * * * *

报社的工作又紧张又严肃,当时人们之间再好再朋友也不交谈对形势的看法。大家往往制造一些安全的乐趣,给紧张的心理一点松弛和欢快。

我一生没别的嗜好,就爱吸烟。一次,隔墙一个编辑屋里几个人在说闲话,喊我也去歇一会儿,我去了,那位编辑让给我一支烟。当时纸烟凭票供应,给谁一支烟就是很大的自我牺牲,也是给对方的极大尊重。我接住烟吸着,别人看着我窃笑,我不明白大家笑什么,问也不回话。我纳闷地吸着,突然那烟爆炸了,很响,炸了我一脸烟灰烟丝,吓得我心惊肉跳。大家哄堂大笑,一个个笑得弯腰弓脊流眼泪。原来,那位编辑把纸烟的烟丝掏空了,里面放了一个纸炮又把烟丝装上,叫我来吸烟是故意拿我取笑让大家乐乐的。看着大家乐得没了忧没了虑,我没发火,也跟着大家笑了,还有点为人民服了个务的良好感觉。

一天下午,一个女编辑喊我,叫我到她办公室,我刚进去,她就急急忙忙闩上了门,回头叫我坐下。她是党员,看她挺神秘的样子,我有点紧张,心想莫非我出了什么事,找我个别谈话?她笑笑,从抽斗里拿出个蒸红薯,说:"我老家给我拿了几个红薯,没舍得吃完,给你留了一个。"食欲催得我连句感激话也没来得及说,就把红薯填到嘴里了。红薯不小,有一斤来重,解决了肚里的大问题。她看我吃得狼吞虎咽,吃得很香,她的脸上流淌出满足甜蜜的笑意。吃完临走时,她嘱咐我,就给你拿了一个,不要给别人说。我说,你放心。我享受了特殊厚待,心里着实感恩。后来听说,别人也如此这般吃了。我一点也不怪她,她这样说这样叫吃,一个红薯起到了两个红薯的作用,对肚子对感情都起到双倍的效益,有啥不好?到如今我还记着这个红薯。

那个叫昝申定的编辑,在我家乡北堂驻过队,人老实得很,当年我受歧视时,他待我不薄,没把我当敌人看。我到了报社,历史

181

上有一点点泥星,非常小心怕事,他常常悄悄教导我该注意什么。我们经常一块儿下乡,他也想学着写点文艺作品,除了当我政治上的老师,又把我当作他写作上的老师,我们便成了知交。他写文章很下苦功,为了一句话,改来改去,经常熬得两只眼红通通的。功夫不负苦心人,终于在《奔流》上发表了他的《油桐花开》和《斑鸠潭的故事》两篇散文,很朴素很清新,直到现在还有不少人记着这两篇散文。可惜,他因太胆小,结果早早死在胆小上了。

* * * * * *

字是什么?是最漂亮称心的情人,是升官发财的敲门砖,是人类进步的幸福的手段,也是杀人害命的刀子,玩字的人祸福无定,可能一篇文章做得好便飞黄腾达一切都拥有,也可能一字之差命丧黄泉,险!

这一年,农村里不少人得了浮肿病,不少人死去了。这不怨食堂,食堂是巩固农村社会主义的坚强堡垒;也不怨人民公社,人民公社是走向天堂的桥梁。都怨三年自然灾害,怨帝修反的封锁。为了证明今比昔强,报纸上不断宣传旧社会遭灾后的悲惨景象。一次,报纸上转登了一组新华社发的照片,尸骨遍地。照片下边有文字说明:民国八年遭了大灾,这是当时饿死的人。报纸发下去半月之久,忽然有人揭发说报纸上出了重大反革命宣传事件。一查，原来是把"当时"饿死的人错排成"当前"饿死的人，"时"成了"前"，虽一字之差，却水火不相容，重大政治事故，公安局开进了报社，看样子要抓人了。

差错是怎么造成的？是反革命故意破坏，还是丧失了政治责任心？一个个被找去谈话。叫坦白叫揭发，听说还审查了全部档案。人人自危，都在想着自己的历史问题和现时表现，想着自己被抓走的可能性。一张张脸成青柿子，见面不抬头不说话，一个个都似罪恶深重的因犯。查了很久，终于水落石出了。都怨老昝，就是那个和我是知交又学着写文艺作品的昝申定，那天夜里他值班负责校对清样，他去看戏回来得很晚，看了几遍清样也没看出来就签印了。印刷厂也查了，原来字架上的字是按词组排列的，"当前""当时""当代"等放在一起，拣字的人顺手拿了，看清样的人顺口念了，才造成了这起重大事故。大家松了口气，脸上有了人色，庆幸自己解脱了，昝申定却陷入了极度恐怖中，自己历史上不清白，又出了这码子能和历史连得住的事，自知罪该万死了。这天晚饭后我散步回来，昝申定看看左右没人，把我喊到他住室里，把手表和几十块钱塞给我，说，看样子我不中了，我被抓走了，你把这给我老婆。我劝他几句劝不动，他说已经铁定了，说着可眼泪滚滚了，还催我快走，怕别人看见了，表和钱就带不走了。

我回到自己住室里，看着老昝的表和钱不由为他悲哀，也明

183

白了玩字的危险,只要是说好的,哪怕满篇连一个字真的都没有也皆大欢喜,相反,哪怕只一个坏字就会引来杀身大祸,想想浑身凉了,头皮麻了。

天天时时看着老昝,好像随时他都会被抓走,等着这一刻,又怕这一刻真会到来。

* * * * * *

"当时"印成"当前"的事件有了元凶,紧张气氛仍然笼罩着报社。

昝申定愁眉愁脸,大会小会哭着流泪检讨,说自己那天夜里不该去看戏了,脑子熬昏了,说自己罪该万死。大家气他马虎惹了大祸,又看他可怜的样子也悄悄同情他,知道他不是故意的,可是怕惹火烧身,见他远远躲开,谁也不敢站起来说句公道话。我一见他的面就不由摸摸口袋里他的手表和钱,就好像看见他老婆娃子哭死哭活的悲惨样子,不由心酸眼红。都说文人们干的活儿轻,笔尖绕绕都是钱,怎知道绕错了一撇一横就会要命。从此写文章格外小心,几乎笔笔都前思后想别留下后遗症,害怕万一出了差错断送了一生前途。

终于这个事故有了结尾,总编张新志承担了责任,说自己把关不严,说自己平时对编辑教育不够,说自己麻痹大意政治责任

184

感不强，等等，县委也分担了责任，眚申定才脱了险，原封不动叫他还当编辑。当我把手表和钱退给他时，他泪流满面，感激党的伟大英明，说党真是亲妈，比亲妈还亲，充满了母子之情。

没几天，总编辑下放到大贵寺，我也去了，这不叫处理，叫劳动锻炼。大贵寺属丁河乡，是全县"跃进"的典范乡，通往县城的公路上，天天夜里千万盏灯笼火把齐明，照着人们夜战，照出了一条四十里长的蛟龙。我们不会做别的，专门担粪，从岗下往岗上担。出力吃苦倒也受得住，就是饿，每担到岗上一担，就在供销社买一两玫瑰酒喝了。这酒放到几十年后的今天，一斤也不值一块钱。当时号召同吃同住同劳动，虽然每天有几两粮票，可是群众食堂不开伙，我们也只好陪饿。天无绝人之路，大贵寺东边沟里有个国营猪场，在人们如此困难的情况下，国家仍供应猪场饲料，可能因为猪是国家的财产吧。和我们一块儿劳动的有个同志叫何凌洲，悄悄给我们说，我认识猪场的饲养员，他那里有吃的。我们跟他去了，果然看见大锅里煮着很稠的玉谷糁子糊汤。饲养员封建三大方热情，盛了几大碗，让我们蹲在灶里吃个饱，吃得很香。从此，我们隔几天去吃一顿，当然，这事绝对保密，怕上级知道了不依，更怕别人知道了也去吃，我们就吃不成了。想想现在吃饭，看饭店档次高低，论座位上下，山珍海味，越吃越奇，其实，还没当年蹲在灶火里吃猪食香。人啊，忘了过去苦，就不知道如今的甜。

劳动了几个月，上级说我们表现不错，又叫我们回报社了。

自从到了报社,虽然离家只有十里地远,却一直没有回过家。忙,天天都有新任务。也没家可想,当时实行家庭简单化,每家只留一张床,其余的东西全部交公了,木的全烧了,金属的全炼铁了。吃饭有食堂,家里不准冒烟,谁也没有置家立业的私心杂念。再说,回家也不定找到家人。一次,第二天要去南阳开会,夜里回家拿换洗衣服,到家一看门关着没人,打听了半天,说老婆调到红专农场了。跑到红专农场,说她去淘铁沙了。跑到老灌河里,说她去山里烧炭了。找了一夜也没见着老婆的面。老婆倒十天半月来报社看我一次,每次都揣点用拳菜根刺角芽烙的馍,叫我填填肚子;夜里悄悄讲些村里的真情,说谁谁浮肿得挂棍了,谁谁年轻轻的不中了。我听了害怕,不叫她讲,说说这些犯法。我说,你怎么光看见光记住这些事,就不能讲点好的,你是不是想叫我反对"大跃进"去住班房? 看我生气她就哭。可是她不改,下次来还讲,有几次睡到半夜,她又提起这种可怕的事,我气坏了,把她蹬下床叫她立时滚回去。现在想想,我这人也不是个人,不要说自己不敢为人民说话了,连听听人民的疾苦也不敢听。我总算还不错,没有检举揭发她讲的话,一辈子错过了大义灭亲的壮举。

不过,我也检举过别人。一次,收到了一封信,信皮上的寄信地址是内乡,拆开一看是攻击"大跃进"的反革命传单。下面没有写信人的姓名,只是叫我广为传播。我吓得差点晕过去,好像大祸临头。我想神不知鬼不觉地撕了,想想不妥,就惊慌不安地跑到县委会,直接找到县委书记孙立魁,把信给了他。孙书记看了信,又找来公安局的人,用放大镜把信皮看了又看。我在一边吓坏了,写反革命传单的犯法,收到反革命传单的会不会也犯法?为什么反革命传单不寄给别人寄给我?领导会不会怀疑我也不是个好东西?我在一边站了半天,领导们研究了好大一会儿,孙书记才对我笑了,说:这传单不仅寄给了你也寄给了别人,你能主动交上来是相信党的表现。我回去了还一直惴惴不安。

过了一段时间,这个案件破了,寄信的人我根本不认识。听说这个人被捕以后彻底交代了曾给谁发过信,其中就有我的名字,没有及时把信交出的都受到处理。我又后怕又庆幸,当时要把信撕了不交,后果不堪设想,说不定我也会跟着这人进去了,这一辈子我就非现在的我了。一生都糊涂,老学不能,唯独这件事英明一回,值得终生庆幸。

* * * * * *

我生性胆小软弱,连杀鸡都不忍看,这一年却打了人,一生中唯一一次打人,打的是老婆。

好久好久没回家了,这天下午我终于回去了,是下去采访顺路回去的。夏末秋初,天气还热着。我家在村后,没人来往,很偏僻冷落。走进院子,入眼就看见老婆坐在院里捶布石上,正吃着玉谷秆,一副狼吞虎咽吃不及的样子,咂着汁水。我像突然挨了一棒,脑袋嗡了一下。老婆抢先站起来迎接我,欢天喜地说,你可舍得回来一回。我质问她:你在哪里弄的玉谷秆?老婆没有意识到我变脸了,嘻嘻着指房后玉谷地,说:在地里折的,公秆,可甜了,你吃不吃?还有。我顿时火气上来,喝道:你敢偷公社的庄稼吃,我看你是疯了!老婆这时才发觉我脸色不对,忙辩解说:别人偷掰玉谷穗偷扒红薯,我就掰根玉谷秆吃吃就算偷了?我气急败坏了,说:别人、别人,别人偷你也偷?别人不是我的老婆我管不着,我就是不许你偷!老婆不服继续犟嘴,我遏止不住心中怒气,上去夺过她手里的玉谷秆,狠狠打了她一个耳光,她侧歪着退回去靠到了墙上,只流泪不说话了,眼里射着哀怨和愤恨的光。我还在气,我说:你敢去地里再掰一根玉谷秆,咱们就离婚!说完,我就气冲冲转身扬长而去。

为了吃一根玉谷秆发这么大脾气?因为玉谷秆是公社的庄稼。偷得也偷不得。成分好的人偷了属于小偷小摸,批判批判算了;成分不好的人偷了属于阶级敌人破坏,轻则斗争,重则法办。老婆分不清轻重,自己算啥人,敢动公社的一草一木,不是找死?还有,自己在报社干事,老婆成了小偷犯了王法,传到城里自己还

188

怎么有脸见人。说不定连累自己也被撵回去。打她,完全是私心,并不是饿死不做贼的高风亮节。不过,在那个年代能坚持饿死不做贼,不论是公心私心也算个人了。

不叫老婆做贼,我却在做光明正大的贼。每天上午上了班就往各处打电话,打听中午是不是食堂里改善生活。所谓改善生活就是吃馍,不论玉谷面馍红薯面馍跃进馍菜团馍,只要听说有,不论十里二十里路,也要约上三两位编辑骑上自行车赶去。农民好客,听说我们去采访表扬他们,他们就端出本来分给别人的馍让我们饱餐一顿,还要说一些招待不周的话,好像叫我们吃了还对不起我们。

* * * * * *

到了一九六〇年春天,报社来了个客人,很朴实的人,说是《南阳日报》总编辑,大家叫他老耿。他要去我的家乡北堂大队看看,叫我带路。当时没有小汽车,也没骑自行车,我们是走着去的。一路上我们天南地北地说着话,谈家庭,谈生活,谈学习,谈生产,谈得很投机很家常。他没有透露自己的目的,我也认为他是采访的,不怕他,也不献好。我们先到三里湾水库工地,做了一下午活儿,晚饭就在工地食堂吃。夜里住在我家,我家没住过这么大的官,老婆很紧张,我说这人很随和,不怕。当时生活很困难,也没想到要弄点什么招待他,他没喝我一口茶没吃我一口东西,除了谈话,还是谈话。第二天一早他就走了。

不久,领导通知我,说老耿考核了你,印象很好,决定调你去南阳日报社工作。同志们很羡慕我,说从县里调到地区是升了,我也真认为自己升了。我很激动,想不出哪一点得到了老耿的赏识,现在想来,可能是没有故意表现,没有溜须拍马,才博得老耿的好感。去南阳的前一夜,老婆住在报社给我送行。我想到自己明天就要上地区工作了,也就是要进南阳府工作了,心里美得想笑。老婆却唠唠叨叨,说领着两个孩子,我走了没人依靠,不想叫我去。我想的是前途,扬扬得意;她想的是日子,哭哭啼啼。我想到了"拉后腿"这三个字,好像她要坏了我的江山,我一怒之下蹬了她一脚,把她蹬到了床下,她放声哭了,她越哭我越气,怕惊动了左邻右舍的同志,喝令她不准哭,她忍不住就抱着孩子半夜走了。几十年过去了,她还常拿这件事戏笑我,说我积极那么狠,也没混上一官半职,怪可惜的。

第二天一早,也没人送行,我背着大包袱独自一人去车站了。当时没有客车,全是货车,叫作代客车,人上去就蹲坐在车底,很是受罪。可我心里很高兴,幻想着新的生活会给我带来辉煌。

* * * * * *

南阳日报社给了我一间房子,新的,里边放了一张床、一张桌子、一把椅子,除此之外再无他物了,显得分外宽敞明亮。我没住过这么好的房子,好像太阳与我同住。

我的任务是编副刊。副刊隶属时事组,组长是赵振国,除了我还有一位编辑,名叫郑张。郑张很有学问,抽在地直文化补习学校教语法修辞,真正编副刊的只有我一人。赵振国老师教我如何编副刊,说了很多原则,说要为工农兵服务,为无产阶级政治服务,为生产服务,说得很深奥很复杂。我理解得很简单,报纸为中心工作服务,副刊是正刊的影子,正刊登什么副刊把它变成曲儿再唱一遍,千万不能走样。

我编了一段副刊,还算顺手,有时候来稿品种不全,缺个小故事或民歌什么,就自己写一篇,随便起个名字冒充下边作者来稿发了。当时没有稿费,不存在名利双丰收的好事。有一段久旱不雨,抗旱要抗个天低头,男女老少齐上阵,誓与天公比高低。我编了一期抗旱内容的副刊,有小故事,有人物特写,有民歌,有唱词,品种齐全,已经送审了,已经送印刷厂了,清样也已经出来了。这时天低头了,低得很突然,眨眼工夫急风暴雨骤起,水像从天上倒了下来,一时三刻大地变成了汪洋。报社接到紧急指示,要把第

191

二天的报纸内容由抗旱变成防洪，副刊也不例外。别的版面人多，还有电话能往下边要材料。副刊就我一个人，加上天旱得久了，下边来稿全是写抗旱的英雄和英雄的豪言壮语，防洪的稿子没一篇。怎么办？要说满版总共才三千多字，完全可以包了。只是时间要求得很紧，只给一两个小时，又要品种齐全，心里一急就发毛了，越毛越急，急得流出了眼泪。一辈子为写稿还没哭过，这是空前绝后的一次。是对着清样哭的，哭着哭着不由笑了，真傻，把行文中的抗旱改成抗洪不就成了。像"抗旱抗得天低头"，改成"抗洪抗得天低头"。我把清样边改边抄，一版文字依旧、内容全新的副刊很快编出来了。从此，我掌握了编副刊的窍门，平时抢种抢收旱天雨天的，各种情况稿子都编一点，啥时需要啥了，掏出干粮就是馍，有备无患，不论以后遇到什么情况都能抱住佛脚了。

当时南阳没有文艺刊物，《白河》副刊是南阳地区广大业余作者的唯一园地，常有作者来送稿谈稿。有天晚饭后和总编辑老耿一同散步，问起广大作者的情况，说起了李文元，我说李文元比我是一个在天上一个在地下，要是能把李文元弄来，南阳的文艺一定会繁荣起来。老耿没说什么就把话头转开了。隔了几天又散步时，老耿说派人去了唐河，县里和公社都同意李文元出来写稿，大队干部说群众坚决不同意，这事咱们也没办法。我当时想，往后千万不能得罪群众。到了"文化大革命"，我才懂得了"群众"这两个字怎么讲。

* * * * * *

在文艺界庆祝建国十周年的筹备会上，决定曲剧团进京汇报演出拿两个节目，一个是传统戏《阎家滩》，这是一个讽刺喜剧，已经在全省会演中获得好评的剧目。另一个是革命现代戏，没有现成的剧本，要自己新编。当时李準的小说《李双双小传》发表不久，写李双双如何办好食堂，塑造了一个刚正不阿的女英雄形象，食堂是事关人人生死存亡的焦点大事，会上决定把小说《李双双小传》改编成曲剧，作为进京演出的剧目。

上级可能看我发表过几篇小说，又是当时南阳地区唯一的武汉作协会员，孙书记就指定叫我改编。我一听魂飞天外，因为对戏曲是门外汉，不要说写戏了，连看戏都不入门。怕的同时也喜出望外，想到领导这么看重自己，那种奴性就变成了"士为知己者死"的壮志，逞能的病又犯了；还不会爬就敢答应去奥运会夺取百米金牌了。这种初生牛犊不怕虎的晕胆大气概，使参加会议的老编剧们不知所以了。何时拿出剧本？我说半个月。领导说，太长了。我说十天。领导还说，不像"大跃进"。我狠狠心说，一个星期。领导说，写戏也要"大跃进"，给你五天时间，拿出初稿。看样子已经够宽大了，我不敢再争多嫌少了。我怀揣着《李双双小传》回报社了，一路上兴冲冲地只想着一炮打响，叫人们刮目相看。

没想到自从接受任务的这一分钟起,就注定要失败到底了。

我不编副刊了,成了专职编剧。人们说,艺高人胆大。实际上,无知人才更胆大。南阳有许多老艺人老编剧,在戏剧艺术上都有过辉煌,称得起剧坛坛主。一个从小县城来的无名之辈,夺得了编剧重任,又不去请教他们,这本身就是对戏剧界前辈同辈的不尊重。只有无知的人才不尊重人。无知不可怕,可怕的是意识不到自己无知。我当成自己很有学问,独自坐在屋里写剧本,还写得满自信,满自我陶醉,多亏了当时年轻没有本事却有劲气,不到五天就把剧本"跃"出来了。当我把剧本交给领导时,想着会一箭上垛,没有想到会马失前蹄。剧本交上去后,我就等着佳音,等了一天又一天没有下文,我才意识到完了。领导发觉我是个蠢材,指望我不中了,才想到另请高明,决定请一代戏剧大师杨兰春。

杨兰春是全国现代戏的名家,编过《小二黑结婚》《刘胡兰》《朝阳沟》,等等,家喻户晓。一九五八年在文艺界大跃进誓师会上,上级号召"县县超鲁迅,村村出郭沫若",杨兰春一鸣惊人,说:别说县县超鲁迅了,能把鲁迅的文章抄完就不简单了。就凭这句话他又当了一次名人,他被下放到方城县农村劳动了。平时请他也请不到,这一回他自己把自己白白送到南阳了。

* * * * * *

　　我见过杨兰春,在省文艺界一次聚会上,离老远看过他几眼。他是著名戏剧家,我是个学写小说的业余作者,和他说不上话。当领导决定叫我给他当助手时,我有点怕,我不是名人却见过不少名人,他们都长着一颗高傲的头,他们的眼睛是为比他们更有名的人长,他们的口很难为不如他们的人开一次。如何伺候他?如何和他合作? 我怕当小老婆,会惹他生气。我请示了我的上级,我的上级说,你的任务三条:一是领导的意图意见不好当面给他说,你传达给他;二是剧本创作上,他动口你动手,他口述你记录;三是他生活上需要什么你来办,你办不了找领导解决。这任务不难,我没有话说就服从了。

　　杨兰春来了。中午给他接风,不像现在,来一个客陪喝的就几大桌,当时不,该陪的才陪。我没参加,我不够格,他们在餐厅里面,我在外面客厅里等。他们喝罢吃罢出来了,我忙站起来,文化局符明义局长把我介绍给杨兰春,又对我说,好好跟杨导学习。不待我回话表态,杨兰春就抢先说,学什么,我是有错误的人,是下来劳动改造的,好好监督我。他说得很随便,一点也不难为情,看不出他对改造的满或不满。大家笑起来了,我倒红了脸,好像犯错误的不是他是我了。

当时创作很讲究规范,据说李準的《李双双小传》原型是潦河公社的一个女炊事员,上级叫我去把她接来。没有汽车,我只好用自行车带,偏偏自行车没有后面的货架,只好让她坐在前面的大梁上。她把食堂办得真好,她本人吃得很胖,车大梁容下她显得很挤,等于坐在我怀里,一路上惹得人们拿眼看我们。虽然我坐怀不乱,也被看得脸红。她真是女中英雄,一点也不怯场,到南阳后给我们上了一课,把她的事迹讲得活灵活现,把食堂描绘得不能再好了。虽然我们都吃过食堂,知道是什么滋味,可是她讲的滋味压住了我们尝过的滋味,我们都恨没有活在她那个食堂。我们真信,从心里信她讲的,懂得了不是食堂不好,是像她这样的炊事员太少了。

这个李双双的原型原事给了我们生活,领导又讲了写好这个戏的重要性,全国都看了这个戏,每个食堂出一个这样的炊事员,全国人民就都吃好吃饱了,这是对国家对党对人民的巨大贡献。我们对编好这个戏信心百倍,群众给了生活,领导给了思想,杨兰春是一流专家有一流的技巧,一定会写出一流的剧本。

万事齐备,只差往纸上写了。

* * * * * *

杨兰春住在歌舞团里,应该我去他那里上班,他不。他说,还

196

是在你那里吧，我这里不安静。恭敬不如从命，只好由他了。从此，每天三趟他步行去报社。我住室里只有一张藤椅和一个小方凳。我尊敬他，叫他坐到椅子上，他坚持不坐，他说，我是动嘴的，动手的是你，你坐吧。我不敢坐，要拉他时他已蹲到了小方凳上。原来，我把他看成了高高在上的神，他这一蹲就把我心中的神蹲成了普通的人，一下子把我和他之间的距离蹲没了。

我打开笔记本传达了上级的具体要求，他说，好吧，上级叫咋改咱就咋改。我掂起笔来看他，他显得很轻松，一句一句把上级的指示变成了唱词，他说我记。不论什么意思什么政策只要我一说，他马上出口成曲，好像天下的词全在他的口边舌尖上放着，不用思考就滑出来了。我匆匆记录，有时记不及就求他慢点，像印刷一样，一页一页很快"印"出来了。有时一个上午能"印"出来一场，不仅快，还准，上级的要求不仅一点也不走味，还添味，干巴巴的死条文指示经过他的嘴就活了，又生动又形象，得来全不费功夫。我佩服得五体投地，不愧是名家大家，就是不同我辈小作者。

剧本完完全全按照上级要求完成了，创作得太顺利了，顺利得叫人没一点点劲。剧本初稿送上去之前，他问我，你说说这像个戏吗？他盯着我看，眼里流露出怀疑的光。我不懂戏，又崇拜他，他编的能不是戏？况且戏词句句活蹦乱跳，充满浓厚的生活气息。我说，不是像不像戏，就是戏。他不满地说，像个屁！我吃惊地看着他,问,啥才像戏? 他摇头不说了。我又问,你说不像戏,为啥不编你认为是戏的戏? 他自嘲地笑笑,自问自答:我? 不说了,你送上去吧,看看上级咋说。

对剧本的意见很快就下来了,很表扬了一番。杨兰春听到这个好消息彻底失望了,他说,完了,彻底完了,上级都基本肯定了。杨兰春说,他们肯定的是他们自己的意见都写上了,你以为肯定的是剧本? 经过一段时间的相处,他看出我不是出卖朋友的人,才说了良苦用心。他原想这样写了,上级会发觉按照他们指示写的不中,会全盘否定,然后就可根据戏曲规律重新创作,现在看看只好一直遵命了。从此,这戏就落入了图解政策的套子再也跑不出来了。大的框子已经定了,余下的就是无休止的修改,说改不叫改,是加是减,反反复复地加加减减,今天说,食堂吃水得自流化,明天说,食堂做饭得机械化,新加一场做饭如何机械化。当然也有减的,哪一句话不积极就抹了。食堂该有的全有了,该没有的全没有了,写出了一个个标准化食堂。怨谁? 上级不是无能,当时的形势就是这样,谁想改变就会先没了自己。

* * * * * *

《李双双》投入了排练,彩排一次请领导和有关同志审查一次,参加的人很多,很多的人要发很多的言,谁能不证明自己高明？谁能不证明自己对党的戏剧事业的关心？何况这戏还要进京，不能不高度负责，献计献策，多多益善。旁观者清，当事者迷。说得都有理，只有编剧没理，说的都要听，不听是不相信领导，不相信群众。现在想想，不在于有多少意见，而是这些意见都是诠释领导的意见，谁也没有从根本上探讨这戏算不算戏。杨兰春已经看透了当时的气流风向，从不坚持什么，谁说的意见都采纳都包容进去，落了个大家喜欢。改到了七八月份，本来还要改下去，进京的时间到了，也就算大功告成了。离开南阳进京的前一天，领导们为杨兰春举行宴会，宴会上如何夸奖老杨的功劳，我不知道，因为我没参加。我想，老杨听了夸奖一定心里不好受。一个明明知道如何写才能成功的人，却不得不走明明知道会失败的路，失败被夸成胜利，心里会是什么滋味？

老杨走了，我没走脱，我作为编剧得跟着剧团进京。我没和剧团一起生活过，这是第一次。剧团没有直接进京，是一路演着往北京去的。别看演员们在台上帝王将相，一个个威风十足荣华富贵，过足了官瘾，下了台竟是无比之苦，一天换一个台子，自己支锅做饭，几十号人住到一个屋里睡地铺，铺下是麦秸稻草，潮湿燥热，任蚊蝇臭虫叮咬，"皇帝"如此，"娘娘"也如此。看着叫人可怜，再想想也不可怜，他们总算还当过帝王娘娘，虽说是假的，总还天天假一回，多少人一辈子连假的也没干过一回，不更可怜？

我跟着剧团的唯一任务就是改剧本。每演一场都要开座谈会,听取意见,认真修改。一路上的意见和在南阳时的意见差不多,都是如何办好食堂。连杨兰春这个名家都百依百顺,我当然更加听话,谁说什么我都照加不误。剧团演到了石家庄,已经离北京不远了,剧本得加紧改,要改得十全十美,结果越加越多。食堂开饭总不能叫站着吃吧,加上吃饭坐桌化;食堂吃菜怎么办?再加上如何种好菜园。反正,李双双这个炊事员任劳任怨,想叫她干什么她就干什么。不是她主动要求干,是作者要她干。可能是任务太紧了,也可能天太热了,李双双没累坏,我却累垮了。突然间我晕倒失去了知觉,剧团的领导把我送进医院抢救,从我口袋里搜出了很多药包,才找出得病的原因,原来是吃药过敏引起的,经过输液打针很快醒过来了。当时生活很紧张,物资奇缺,住在医院里也没什么吃,我就上街买鸡蛋,一个鸡蛋竟要一块钱。现在大家都吵吵物价涨得太高了,其实现在比一九六〇年还便宜得多。在医院里住了几天,还晕,想起快进北京了剧本还没改好,我就不听医生劝告犟着出院了。只想着跟剧团进京,谁知报社打来电报,叫我火速返回南阳,进北京的梦破灭了。

* * * * * *

从石家庄登上回南阳的火车时,我很难过,把眼泪闸在心里没让流出来。几个月的相处,我和剧团已结下了感情,从领导到演员都把我当成亲人,处处照顾我,主要演员都睡地铺,却叫我住旅社,说我身体不好,说我工作需要,其实他们演了一夜戏更需要个安静舒适的窝。现在,一封电报就把我们分开了,同志们送我上车时恋恋不舍,说,有啥关紧事叫你回去,太突然了。我苦笑不言,我早有预感,进北京可不是玩的,得四面净八面光才有资格,何况剧团还要进中南海演出,更不会让我混进去。领导为了不伤害我的感情,说叫我回去是工作需要,我为了保住自己的面子,也默认是工作需要。领导骗我,我也骗我,看起来有时骗也是一种爱,一直骗了四十年,今天脸皮厚了才有勇气捅破。

我回到报社还是编副刊。同志们都很厚道,没有人因为不准进京而歧视我。当时生活越来越紧张,肚子越来越如空谷,大家也没心思歧视谁,工作之余都在研讨如何才能吃顿饱饭。有一天太馋了,几个同志下决心去吃一顿阎天喜的饺子。阎天喜的饺子是南阳名吃,据说历史悠久,别有风味,远近驰名。没想到饺子里包的咸菜,连个油珠也没有,就这也吃得很香。到如今还记得这顿饺子,可见饿极了什么东西都好吃。还记得一次去采访,同行的白桂芬请我吃了一顿饭,她掏的粮票,粒米之恩,至今常常念诵。锦上添花容易忘,雪里送炭最入心。人啊,爱心还是给困难的人吧!

不久,干部要下放了,开会动员,说意义重大,叫人人表态。我也表了,说服从组织分配,嘴里这样说,心里却怕叫回家。机关苦是苦,一个月还有几十斤口粮,回去了拿什么活命?还有一张要面子的脸,下放了说明什么?说明自己不过是腊月三十逮的兔子,有咱也过年没咱也过年。还有,回去了别人会不会说是因为有问题才下放了?还有,这时候搞创作已经没有丝毫实际意思,不仅没有稿费,准写的东西也不多了。

领导好像看透了我的心思,一天晚饭后老耿约我散步,在白河边谈了一阵闲话,老耿好像无意一样把话题扯到了下放,说我是搞创作的料儿,说下去对创作如何如何有利,说得很婉转也很实在,就是不正面说要下放我,等着叫我提出来。我听出了组织的意见,也听出了他的为难,我想我就是不自己要求下放也要下放我,何苦敬酒不吃去吃罚酒?在自尊心的驱使下,也为了报答老耿对我的尊重,终于我做出了如愿以偿的得意样子,说我早就想回去搞创作了。老耿看我答应了,反倒劝我再慎重考虑。我说不用了,这是个机会,过了这个村就没了这个店,我不能错过这个机会。

领导挽留,本人谢绝,我就这样光荣下放了。

＊ ＊ ＊ ＊ ＊ ＊

我命中注定要吃写作这碗饭。

我从南阳回西峡,愁了一路,虽说口袋里装了几十元下放安

202

置费,可我知道等着我的将是自然灾害,只要把城市户口变成农村户口,我的肚子就会马上失业;人失业了能活,肚子失业了可就难活了。我怀着满腹忧愁回到了西峡,县委书记孙立魁接见了我,问我打算怎么办。已经到了山穷水尽的地步,我仍然死要面子不愿低头求人,装出一副偏要虎山行的英雄模样,说回去和群众共渡难关,继续创作。可能我的豪言壮语打动了孙书记,更可能是出于党对知识分子的爱护,他好像看透了我,对我笑笑说:你身体不好,户口就不要往乡下转了,先放到文化馆,别的问题以后再解决。就这样我成了一个没有职业而有口粮的市民,开始了漫长的漂流生活。

村里还在吃食堂,都是用盆打饭,量很大,一个人能吃四五碗,基本上都不用筷子,倒也省了一道工序。不少人患了浮肿病。去南阳时,老婆埋怨我不该去。可回来了,老婆又埋怨我不该回来。老婆从秧田回来,我看见她的腿吃得很胖,我说,你也浮肿了。老婆马上把裤腿抹下去,红着眼说,没事,比起有的人我这算啥,新志都不在了。新志是我的远房侄子,比我年轻几岁,在队里当队长,我们关系很好。问生了什么病?老婆说,没病,浮肿的天数长了。我心里一阵颤抖之后,想想他的官虽小但也算重如泰山,队长死了别人还活着,比别人死了只有队长活着要伟大得多。我没再说什么,老婆也没再说什么。老婆忙着给我做饭,墙角支着个破洗脸盆,就在这洗脸盆里给我烙了个拳菜根馍,就是这个我难以下咽的拳菜根馍,也招来了几个孩子饥饿贪馋的眼光,我吃了几口就放下了。我想起了孙书记不叫我转户口的事,我真想喊句万岁。

不久,县委为了给我碗饭吃,叫我给县剧团编个戏,改编一个写什么风尘女子的古代小说。从此,我搬到县剧团住。不算编剧,是小工,一个月五十块钱。我这个人有点傻,没想到磨洋工,多磨几天可以多混几个工钱。我只想到县委对自己这么厚爱,知恩当报,日日夜夜拼命地改,不到三个月就写出来了,也上演了。像泥巴匠给人盖房子,房子盖好了,泥巴匠总不能住进去不走呀,剧团给了我一百五十块钱,说声谢谢,就把我打发走了。往后,我该怎么糊口?不由想起了《朝阳沟》里的一句唱词:我往哪里去?我往哪里走?

* * * * * *

我住进了文化馆,因为我的户口在这里。文化馆的同志有文化,没有因为我不是他们的人而歧视我。我白住房子,白用水电,就是不白给工资。有了粮票,没有钞票,看着是饭不得吃。过去只想着自己能掌握自己命运,只要勤奋写作稿费就会源源而来,谁知自己命运不归自己管,上级一道政策取消了稿费,自己就断了活路。开饭时,别人吆喝着敲着碗说说笑笑去食堂买饭。我怕看见这诱人的情景,每次开饭前我都借故出去,说谁谁叫我吃饭,装出很自豪很得意的样子,骗得别人两眼羡慕,说还是作家好,吃得开,香。脸保住了,肚子不依了,咕咕叫着吵我,我宽宏大量不和肚子计较,在大街上转几圈才装出扬扬得意的样子回去。多亏文化馆有个图书室,饿了就去借书读,以书当饭倒也能暂充一时之饥,两年工夫,我把图书室可读的书全读了。空了肚子,满了脑子。从小就听老人们讲,人笨是吃油多了糊住了心,饿饿才心灵。这话真是妙不可言,能叫人饿了不气还认为是得天独厚。可见中国人聪明绝顶,善于把坏事说成好事,把苦说成乐,把饿说成饱,有了这么大的能耐,自然天下就歌舞升平了。只是到了这个地步,我才悟出一个真理,千万别依靠自己,今后如果再有机会当公家人,一定要牢牢揪住死也不放,说一千道一万,当公人比当私人好,只有那饭碗才是铁打铜铸的,旱涝双保险。

　　一个猪娃头上四斤糠。老天爷准我生出来,同时也生了四斤糠。不会光生我不生糠。属于我的糠在哪里?我努力去找就找到了。我没有公职了,可我是个带病回乡军人,和公家还有关系,有关系就要千方百计贴住。带病回乡军人可免费住医院,我就去检查,那年月谁没病?一查就有了,肺结核复发外加肝炎,双料的。民政局准我住院,吃药不要钱了。总不能叫我光吃药不吃饭吧,民政局又给了生活补助费。谢天谢地,天不灭曹,原来公家只给粮票,现在也给钞票,我又端上了公家的饭碗。

在医院住了一段时间,治疗效果不错,不错的结果引出了错。过去身体有病,病也能养人,食欲不振,好坏多少吃一点就行了。现在病轻了,特别想吃,成天嘴馋。当时为了填饱肚子,人们最充分地发挥了聪明才智,创造出各种稀世吃法。一把粮食做一大锅饭,里面全是家菜、野菜,叫瓜菜代。一斤面粉掺上水和瓜菜蒸十来斤馍,叫跃进馍。红薯面轧成面条,卤水做成人造肉等,不说没粮食,说成是食堂优越,饭食品种齐全多样化。不像现在的人们,细米白面吃多了想吃粗粮,吃肉吃多了想吃野菜,说是能增加肠胃蠕动,能防止各种疾病。当时人们讨厌肠胃蠕动,越蠕动饿得越快。我在医院里住着,药物又促进我的肠胃蠕动,闲饥难忍,越想饿就饿得越狠,最大欲望就是啥时候才能饱饱吃一顿?想,想极了。古话说,望梅止渴,我可是想馍止饿,谁知更饿了。

＊　＊　＊　＊　＊　＊

想吃公家的饭,想吃公家的药,想着只要能吃上就心满意足了,再没别的想头了。可吃上了又有了新的野心,还想吃饱还想吃好,看起来人的欲望真应该消灭在没有任何欲望之前,千万不能叫欲望得逞一次。

有一天一个文学爱好者来看我,恰逢我们几个病友在说闲话,说自己的希望和理想。我这人素无大志,再加上当时忧国忧民犯法,况且国泰民安何忧之有?我说我的希望很渺小,理想也很庸俗,我最大的希望,就是吃不是瓜菜代的饭,吃不加"跃进"两个字的馍,也就是不掺瓜菜的纯饭纯馍。最大的理想是不止吃一顿至少吃个几天。人们笑我,说我是做梦娶媳妇光想好事,野心还不小哩,还说胸无大志。这志还算小?这是狗吃日头痴心妄想,说了哈哈一笑也就算了。谁知说者无意听者有心,隔了几日,这位文学爱好者给我送来一碗白米饭,里边连一个菜叶也没有,我感谢了几句就吃了。又一日,他给我送来了纯面烙馍,那香味引诱得我连句感谢话都没说就饿狼扑食了。从此,三天两头给我送纯米饭和纯面馍。从哪里弄的?我再三追问,对方笑而不答,只说我身体不好需要营养。问急了,对方方有点嗔怪,说,你是怀疑我偷谁抢谁了?说时委屈得要哭了。我不忍强人所难再盘问下去,可是心里老是不安,那年月弄这种吃食比今天吃山珍海味还难一百倍。一天开饭时,我去看这个文学爱好者,他单身过日子,住在单位里。我蹑手蹑脚走进去,像侦察兵一样要看个究竟。对方正在低头吃着从食堂打来的饭,专挑菜吃,从一碗黑乎乎的菜饭里挑出了半碗白米。我顿时明白了,对方也长年有病呀,我忍不住叫了一声眼就湿了。对方抬头看见我,慌乱得脸都红了,无言地苦笑着。一切语言表达不出当时的心情,只有默默地相对站着。对方用瘦了自己的办法肥了我,短了自己的生命来延长我的生命。

207

几十年过去了，和我同时住院的病友都一个个先作古去了，是那纯米饭纯面馍才使我还赖在世上。我常和妻子儿女讲述这件往事，个个动情。遗憾的是我与他不久就分别了，天各一方，再没见过面，连片言只语的信也没通过，今生是难报此恩了。涌泉之恩，滴水未报，每想及此就有一股强烈的负罪感压上心头，每想到此也就越发坚信人间还有真情在。有恩不报非君子，我算什么，肯定不是君子了，不是小人至少也有一点了。

* * * * * *

不久，上级一道命令下来，食堂解散了。

我在县医院里先听到了这个消息，连夜回家给老婆说了，老婆吓坏了，说，你疯了？说这话可要命，食堂会散？别做梦了。老婆不信，我压不住内心的欢喜，又跑去给队长张俊昌说，张俊昌奇怪地看着我，说，你不会是造谣吧！我说是真的，他默默无言，半天才说，要是真的就好了。

第二天公开宣布食堂散伙，整个社会都笑了。我在村里转悠，看到人们鼻子眼都堆满了笑，一声一声说，这可好了，又冒烟了；这可好了，又准一家人一个锅里搅稀稠了；这可好了，不论稠稀都能由自己意了。这可好了，这可好了。听不见埋怨，更没秋后算账，连怪谁的话都没一个字，有的全是感恩感谢，声声大呼万

208

岁。中国的老百姓太好了好极了，只要把他们失去的东西再还给他们，他们就会忘了刚刚经历过的痛苦。我回家对老婆感慨了几句，说，当初要不吃食堂多好。老婆对我有这种想法很奇怪，说，你咋能这样想，你都不会想想，上级不叫散，食堂不是还得吃下去？这话有理。昨天是什么？追究昨天是为了今天，只要今天叫活得像个人，再说昨天就不是君子了，君子是记恩不记仇的。这种宽厚，这种满足，使我对老百姓有了深一步的认识，老百姓面对的是现实，面对现实的人比咬住是非不放的识字人伟大，他们可能不知道达尔文是何许人，可是他们会用达尔文学说：适者生存。

为了迎接新生活，上级想得很周全，买炊具没钱的都允许贷款。往大路边一站就能看见新气象，不断头的人涌向城里，回来时每人头上都顶着大小不同的锅，手里都掂着铲子勺，一夜之间人类又进化到以家庭为单位的时代了。家家又有了锅，家家屋顶又冒起了炊烟。家家传出了笑声，这笑声使人想到了美好的明天，想到了幸福的生活。还是集体生产，只是以生产队为单位了，不大兵团作战了，不平调了，群众的积极性调动起来了。这年夏天，我们南岗生产队每人分了六十斤小麦，在全大队占第一。当时我家五口人，我的户口不在家，分了二百四十斤小麦，这是细粮，要吃一年，少是少了点，可是能自己支配。几年了，谁家屋里有过这么多能变成白面的小麦？老婆娃子都欢天喜地，隔几天也能擀顿面条吃了。

有了家也有了饭，老婆说，你总该放心了，也该回来了。我想想在外边寄人篱下也不是长计，再加上病也轻了，就出院回家了。

* * * * * *

我回家了，投入了新的生活。公社还是公社，群众还是公社社员，只是人们的心里除了公字也复活了私字。社员们在集体地里做活儿惜力，把力气省下来用到了自留地里。自留地太少，上级说要休养生息，又下来个救命政策：借地，把生产队的地拿出一部分借给社员种。借地还不解渴，又提倡开小片荒，一时三刻坡边、河边、坟边、路边、宅子边的每一寸荒地都被开垦了。饿怕了的人们一旦有了可以吃饱的条件，就生出无穷的力量，把自留地、借地、小片荒地种成了粮食窝，相比之下集体地里的庄稼营养不良成了病夫。村里家家吃上面条吃上干饭了，只有我家没有开荒，还得买红薯干添补粮食不足。因为我是个病号，三个女儿还小，队里活儿、家里活儿全靠老婆一个人做。一天，县委书记孙立魁去看我，见我家生活比别家差多了，劝我也开点小片荒。我说，没那个力量。孙书记说，我叫队里去牼牛替你开一点。我谢绝了。我说，叫队里开荒我家种影响不好，算了，就这都行了。我说得挺自觉，实在是怕，觉着这样干有点资本主义嫌疑，危险，长不了。这不是事后诸葛亮，也不是自己有政治眼光看得远，是潜意

210

识作怪,说白了是有点阴暗心理,认为过得太美了总是不中,会有人不依。有了这种想法也就得过且过了。我每天坐在家里看书,看够了出去走走,看别人疯了一样的发家致富,心里就生出了各种滋味。

这一年集体小丰收,个人大丰收。

人的欲望丰富多彩五花八门千奇百怪,只有饿才能压住所有欲望,使人只剩下一个欲望,吃,调动一切心思一切计谋用在吃上,除了吃一切都不足上心。现在有东西吃了,人的各种欲望又冒出来了,百草丛生了,有的想钱,有的想粮,有的想女人,有的想打击异己,有的想往上爬。我想起的是创作,我把稿纸又摊到了桌上,又拿起了笔,不是写稿,是给编辑部写信,得先问问精神,看上级叫写什么不叫写什么? 虽然还不是创作,总算又动了创作的心思,又走上了文学创作这条小路上了。

* * * * * *

正当我想写不知写什么时,省文联专业作家郑克西来了,把老师送上了门。郑作家是来深入生活的,县里很热情,派昝申定、马智侠和我陪同。昝申定是县委干事,马智侠是文化馆创作员,他两个都是标准国家干部,只有我是吃公粮不得拿公钱的业余作者。

211

郑作家下乡不坐汽车,不骑自行车,不走大路走小路,深入到偏远农户家里。我们翻山蹚河,见人就谈,逢门就进,了解民情民俗。哪里饿了哪里吃,哪里黑了哪里住,一天至多走三五十里,没有预定日程。白天翻山蹚水,就说山说水,说当地传说。山里人少见人特别好客,拿我们当远方来的亲戚,虽才从食堂里爬出来,自己还没喘过气来,却做捞面条、油旋馍招待我们。晚饭后我们吃着房东端来的柿饼、核桃,在如豆的灯光下,根据当天的见闻每人编织一个故事。郑作家说,这叫白天深入生活掌握素材,夜里选择素材进行创作。这种方法很有意思,同样的见闻编出四个不同的故事。郑作家编得最好,是从对生活的感觉中联想出来的;他们二位次之,可以看到生活的影子;我最差,从生活出发又回到生活,简直是抄生活。编写出来后,郑作家进行评论指教。郑作家说:老乔,你当不了作家,没有想象力,编来编去还是生活中的话、生活中的事,跳不出生活,没有自己的东西,太老实了。郑作家的评点一针见血,我一直记到今天,今天我还是照抄生活,没有长进,没有作家必须具备的丰富想象力。

我们到了红花坪,老灌河和蛇尾河在这里汇合,两河中间有一小山,山青水绿,颇有点世外桃源的味道。河里没有桥只有长长的一溜踏石,当地群众讲,有一天县委书记孙立魁路过这里,蹚河而过,冰水刺骨。孙书记说,男人水冷点不要紧,妇女儿童会冻出病的。孙书记跳进冰水里,亲自搬石头搭起了踏石。大家听了

212

很受感动，觉着党的领导干部和群众真是心连心。我们三个感动了也就过去了，郑作家却抓住不放，这天夜里编出了一篇小说，名叫《踏石》。我们听他讲构思，都很佩服。后来小说发表了，这么一件简单的事，竟然写了一万多字，可见他的思想长着翅膀，我除了自愧不如，还学会了动脑子，不论碰见什么小事，都要从四面八方去想。好比上山，不只一条路，东西南北都能上去，东西南北的路上一定有不同的景色和艰险，选一条最具色彩的路去攀登，去写，这就叫选择最佳角度。跟郑作家走了几天，我发现当个作家不容易，得时时动脑子，得不断思考，热爱生活就得像热爱情人，不仅一见钟情，还一见永驻心中，有这样的心才能积累丰富的生活。

我们跟着郑作家继续走向深山。

* * * * * *

我们翻过独阜岭，到了军马河公社。公社书记马玉良给我们介绍情况，说这里有座高山叫猴上天，山顶上只住着一户人家，当家人叫陈三迁，老两口外加两个闺女，大闺女叫大花，漂亮得仙女一般。当初别人都下山入社，他死不下山也不入社，一直在山顶开荒单干。前两年公社化吃食堂，他看下边群众饿得可怜，年年献给生产队几千斤粮食，救了大急，这个生产队靠他才没人出去

213

逃荒要饭。我们听了又惊讶又害怕,惊讶的是四个人竟能创造出这么多粮食,害怕的是这件事证明了集体不如单干,走独木桥的养活了走阳关大道的,这证明可是要犯大法的。马书记问我们想不想去看看,郑作家说去,吃了早饭,马书记就领我们上路了。

出公社往东,走进沟口,只见山陡如墙,茫茫老林遮天蔽日。路断了,面前全是齐腰深的茅草乱刺,没有下脚的地方。马书记走在前边,把荒草乱刺推向两边,闪出一条小径,人刚走过,身后的荒草乱刺又重新合得严严实实。上山了,山太陡,两只手揪住攀住树枝往上一步一步攀登,很快一个个气喘吁吁大汗淋漓。我们奇怪,上山这么险这么累会有人上?马书记笑了,说三天两头有人上山,上去可以美美吃一顿,还能看看仙女大花。笑过了又沉重地说,要是平地咋能藏住这个救了几百口人的单干户?大家想想也挺沉重,当初说单干是下地狱,入公社是进天堂,没想到地狱里的人救了天堂里的人,令人难解。

好不容易到了猴上天,看看表走了四个多钟头。陈三迁的花园就在山顶,没有房子,只有三个茅草棚子,墙是木棍夹成的,外边都用泥巴糊得严不透风。一个棚子是住室,一个棚子是灶房,墙壁上挂着风干的野猪肉。还有一个棚子是仓库,库里有几个很大很高的茓子,装满了各种杂粮,估计有几千斤。陈三迁长得高高大大,满脸是笑,快七十的人还健壮得像三四十岁。我们的到来使他全家进入了紧张状态,端洗脸水的,倒茶的,做饭的,陈三

214

迁陪着我们说话。问他为啥叫陈三迁，他给我们讲了他的故事。他从小是镇平人，算是小康之家，被当地豪绅欺压，相信官府就去打官司，县里府里告遍了，有理成了没理，一气之下迁进山里。只说山里人厚道，谁知天下乌鸦一般黑，地主们欺负他是外来户，敲诈得他无法度日，他再一气迁到没有人烟的深山老林里安家落户，算来已经五十年了。

　　说话间，端上来小米黄酒，几盆野猪肉、果子狸肉、草鹿肉，丰盛得很。我们大碗喝酒，大口吃肉，一边吃一边探问他当初为啥不入社。他哈哈大笑，说两条，一是把这山上的地扔了可惜，一是不想和人打交道。他指指盆子里的野味，笑道，我和这些野东西打交道，我可以吃它们，我和人打交道我会叫人吃了。我们又问，当初说入社是进天堂你就不动心？他说，动过心，楼上楼下，电灯电话，耕地不用牛，点灯不用油，咋不动心？又想想自己生成的苦命穷命，入进去万一因为自己命坏连累得大家也进不了天堂，自己就太背良心了，还是认命在山上苦扒安生。这顿饭吃得很香，可是我心里却生出了许多酸甜苦辣的滋味。

　　　　　　＊　＊　＊　＊　＊　＊

　　吃了午饭天色已经不早了，陈三迁要我们去看看他种的地。我们也想看看有多少地能出这么多的粮食。我们跟他走了，没走

215

几步远就是悬崖,他指指崖下说,这就是。我们看去,几面大山的阳坡全是庄稼地。他说,这是熟荒,种上三年地劲完了就撂了,再开生荒,全凭人挖,挖了撒上种子就等收成了。我们父女三个人冬天挖地,春天撒种,夏天巡护,别叫野牲口糟蹋,到秋天就一担一担往家担粮食了。他说得很轻松,可看那直上直下的陡坡,不要说挖挖种种了,就是白叫我们收获,我们也担不回去。时代到了今天,还保持着这种原始耕作方法,勾引起我几分悲哀。

陈三迁有两个女儿,大女儿大花,二女儿二花。大花的确长得如花似玉,且性格温柔如水,用光彩夺人形容不切,说疑似仙女倒还准确,看了会脱口而出"真是深山出俊鸟"。二花命惨,开荒时从山崖跌下去,毁了容貌,自惭形秽见人就躲。大花陪着他爹领我去看庄稼,我看看立陡山坡,再看看苗条的大花,心里感慨万千,这么美的女子做着这么苦的活儿,要是生在城里会是另一种命运。人的命天注定,老天爷也太不公道了。

陈三迁挽留我们住一宿,马书记也说天晚了跑不回去了,我们就客随主便了。夜里又是大碗喝酒大口吃肉,饭后我们围着熊熊大火闲话。陈三迁说了生产队如何求他,他如何慷慨相助,大家听得津津有味。忘了是谁说到了陈三迁和生产队哪个优越时,大家嘴上立时贴了封条,虽在深山老林里,这个话题也不便触及。还是郑作家水平高,他说,这是反常现象偶然事件,中国之大无奇不有,个别并不能代表一般。反常、偶然、个别、一般,几个名词便

216

把这个特殊又不特殊的现象日哄过去了。郑作家生性豪爽快人快语,豪爽的人说出疙扭拐弯的话,可见这话题的不当了。郑作家转移话头,问花钱怎么办? 陈三迁指指墙上的猎枪,笑道,靠它,打点野味,弄点麝香,下山换点火柴油盐穿戴。说到打猎,就毫无顾忌了,你一言我一语说了半夜。只有这天夜里例外,大家没编故事。没故事强编故事,真有了故事又怕这个故事,这就是选择生活的奥妙。

第二天早饭后下山,陈三迁要送我们每人一样东西,有粮食、野味和山菜。我们坚持不收,说又不是回家,还要往深山里走。陈三迁有点失望,说凡是上山来他这里的人没有空手走过,都多少拿点什么,只有我们坏了他的规矩。陈三迁无奈就和大花送我们下山,我们不让送。大花说她不是送我们,是去找猫娃。她说,在山下逮了个猫娃,喂了几天又跑下山了。我说,咋没拴住? 她说,只当它和我熟了,没想到它还会跑下去。不知为什么,她这句"没想到"竟使我记了几十年。

也没想到在以后的几十年里,陈三迁和我家结下了不解之缘,在我最危难的时候他救助了我。

* * * * * *

我在家里不做活儿,老婆说我有病不叫我做,我乐得不做,就当了专职业余作者。省文联抓创作抓得很紧,经常召开创作会,我算个重点作者,也就经常去郑州开会。

参加会议的人不多,每次只十来人,有段荃法、冯金堂、耿振印、沙发来、周西海、樊俊智等,除了文联领导和作家与会指点外,每次会议省委副书记和宣传部长都参加,听介绍下边情况。樊俊智来自公社,在大队当干部,特别善谈,常常包场,一讲就是一个上午。她讲乡下的人和事生动形象,从她嘴里出来的不是话,而是一个个活蹦乱跳的活人,不用加工就是好小说。到如今我还记得她讲的一个细节。一天早饭后,她和哥哥一同下地,路过一个小桥,看见人们在河里捉鱼,她看了一会儿就走了,一上午不见哥哥下地,不知他干什么去了。上午收工回家,见哥哥还呆呆地站在桥上看捉鱼,她喊他一声,他才醒悟过来,说,俊智,鱼碍住人们啥事了?人们为啥要逮它?还不是因为它身上有肉!她说到这里眼中闪泪,我入到心里一阵冷颤。樊俊智现在是大学教授了,当年可是我们的小伙计,我们几个都是烟鬼,发的烟票不够吸,犯烟瘾了就喊小樊。小樊就去招待所会议室里和大街上给我们拾烟头,回来剥剥烟丝让我们卷着吸。一个姑娘家一点也不害羞,不怕别人笑话,大家就夸她是劳动人民,不像我们这些小知识分子虚荣爱面子。

说到吸烟还有件事。一天晚饭后,段荃法、周西海、冯金堂和我烟瘾上来了,急得坐立不安,想起李凖在紫荆山宾馆住着写东

218

西,他享受特供,一定有烟。我们怀着很大希望去了,李準虽很热情就是不让烟。我们坐了一会儿无奈地走了,出了门就说些失望的话。后来我把这事对郑克西讲了,郑克西又去埋怨李準。李準笑了,说,我不知道他们会吸烟,烟在桌上放着,他们想吸为什么不随便拿! 为一根烟心里不美,是因为我们太没出息了,还是因为太穷了,穷得连一根烟都会斤斤计较,可见人得有了起码的生活条件,才能有人的尊严。

当时我们都还年轻,白天开会,夜里加班写稿,每开一次会,每人都能交出一篇小说。记得在大石桥一个招待所开会,室外大雪飘飘,大风狂吼,方城一位作者怕影响大家休息,站在走廊里写了一夜。这位作者迷上了文学,想当作家,下决心当第二个鲁迅,竟然辞了教师专门写作。谁知碗空了,文思也空了,两头都空了,想起他的天真叫人可敬又可怜!

* * * * * *

我们一路走一路探讨创作,通过对陈三迁的争论,我才明白了歌颂和暴露的真正目的。陈三迁虽然救了生产队,万万不能歌颂;生产队虽然挨饿,万万不能暴露。因为,陈三迁代表了没落,有粮食看似好事也能变成坏事;生产队代表着新生,没吃的看似坏事也能变成好事。从此,我对生活有了新的认识角度,学会了把坏事变成好事的秘方。虽然学会了,心里总还有点不通,如果好事不是坏事变的,如果扎根就是好事,不是更好吗?坏事就是坏事,为什么要把它变成好事?如果允许把坏事变成好事,谁还去尽力防止坏事,谁还尽心去做好事!这牛角尖我钻了几十年,我常常批判自己这种想法,骂自己吃饱了撑的。

西峡县论人口是个小县,论面积是个大县,东西二百里、南北三百余里。我们一步一步走了一个多月,走了半个县,采访了各色人等。当时以为深入了生活认识了生活,现在回过头想想,既没深入也没认识,因为被采访的人知道面前的人是省里干部、县里干部,干部想听什么,自己敢说什么,这点聪明,群众还是绰绰有余的。他们众口一词都是一个好字,心里的话藏而不露,我们了解的只是浮皮,来自浮皮的认识也只能是浮皮罢了。

不过,深入还是比不深入好,一个多月没白跑,我们都有很大的收获。郑作家在西峡转了一个多月,写了一本小说集,可谓大丰收。

昝申定写了篇《斑鸠潭的故事》,马智侠也写了篇《脚印》,这两篇散文都清新如露,发表后给读者留下了长久的好感,前不久省作协段荃法老师还夸奖这两篇作品。

我最笨,直到旅行的最后一站才写出一篇小说。我们去采访西坪公社操场大队的支书老包,他是远近驰名的猎手。是个下午,我们去了,他让我们坐下后,说,你们先喝茶,我去找点菜。他出门走了不久,就听见了枪响,一杯茶没喝完,他提着一只草鹿回来了。我惊奇得睁大了眼,想到他的枪技超群,想到这里野兽之多。夜里野味下酒,谈他的打猎史。他说,他本不打猎,只因这里野兽日夜出没,吃牛羊猪鸡鸭还吃人,我是干部,不得不去打。问他有危险没有,他指指一脸疤瘌,说,有一次打豹子,豹子扑上来把我脸皮都撕掉了,我把脸皮又揩上了。我很感动,为了人民生命财产不要自己的命。附带说一句,当时还没有保护稀有动物这一说。放到现在再打豹子可就犯法了。

我们离开老包家时,老包送给我一条鹿腿,我回家过了个肥年。我吃着鹿肉,把老包和陈三迁打猎的故事糅合一起,写了个小说《山中之王》,在大报副刊上发了,还不短。县里领导很高兴,说我跟着郑老师没有白跑,拍拍我的肩膀说,不错嘛,加加油多写一点。

* * * * * *

"三自一包"了两年,农村生活有了很大变化。平常有人吃馍了,过年有人杀猪了,也有人盖瓦房了,也有人出去做手艺活儿、做小买卖了,还有人上坟祭祖了,还有些旧艺人利用农闲到处说书卖唱了,单一的社会生活变得多样化了。

一次,我在米坪公社野牛沟采访,去一个队干部家里吃饭,欢天喜地去了,一只脚刚踏进当堂,只见当中墙上贴着富富态态的财神爷。我吓了一跳,凭直觉知道进入了是非之地,二话没说扭头就走。主人摸不着头脑在后边连叫:怎么了?怎么了?我什么也没说就逃之夭夭,宁可饿一顿也不敢和财神爷同堂而餐。

不久,上级号召发扬艰苦奋斗自力更生精神,根据这新精神,我写了短篇小说《石青山》,讲一个大队干部身先士卒领着群众建设山区的故事,在《奔流》发了头条,又被作家出版社收入《新人新作选》中。我很高兴,这是我第二篇作品被选入集子,离第一篇被选入集子的《送地》已经很久了。

这时候我在县里也算小有名气了。自我得意之余也发觉了名气不是个好东西,除了别人抬举还能招祸惹笑。一天,县长找我谈话,问我有什么困难没有。我说没有。县长又说,真有困难不要不好意思说,县里尽量帮助你解决。我说真没有。为什么突然关心我?我心里犯嘀咕。县委孙书记又找我谈话,又问有什么困难这一类关心话,反反复复教育我有困难要依靠党解决,不要做出对集体对自己有害的事。我被关心得不耐烦了,就有点发火,说:我到底怎么了?孙书记才直说了,有人偷生产队棉花去卖,收购站问他名字,他说叫乔典运。我受了莫大的侮辱,十分委屈,要求县委查个水落石出。孙书记就派个干部和我一块儿去收购站,指着我问收购员:那个卖棉花的人是不是他?收购员把我看个够,说不是的,又说了那个人的长相。和我同来的干部才说,

222

他就是乔典运，一定是别人冒他的名了。我很气，下决心要找出这个冒名的人。后来我终于找到了，但我没告他，忍了。因为这个人子女多，家里很困难，当时偷集体是犯法的，他要被抓走了，就会妻离子散。这个人很感激我，到如今他的小女儿对我还很好。

上级没有冤枉我，我把感激之情化作力量写作得更下劲了。

* * * * * *

才吃了几天饱饭，我的预感就不幸兑现了，农村开始反黑风了。社会主义是红色政权，岂容黑风乱刮！啥叫黑风？借地、开小片荒、做小买卖、搞副业、上坟、敬神、说书，都属于黑风，都在消灭之列。黑风的根子在哪里？除了老牌的地富反坏右还有中农，中农是农村资本主义的代表。平常不抓看不见，一抓就抓出了一大堆阶级斗争。这个运动对我是身外之物，我的户口在城里，大队管不了；再说我家也没开小片荒，虽出身不好可是表现好，小片荒送到门上都不要，足可证明我对社会主义的忠诚不贰了。

生活中确有人损害集体利益，比方有人把开小片荒挖出的石头扔到集体地里。干这种事的人不论是贫农还是中农，要写都得写成是中农干的，因为根据典型论的解释，写一个贫农有缺点就等于全体贫农都有毛病。打击贫农等于打击革命。何况从本质上讲，个别贫农干了坏事也不是贫农的本意，是受了中农思想的

223

影响。乡下人没大事，为了鸡子尿湿柴也能吵个你死我活，事虽小，放到阶级斗争的放大镜里一照就变成了大事。我积累了很多这种生活素材，写了中篇小说《贫农代表》。写了一稿，河南人民出版社顾世鹏老师叫我去改。顾世鹏老师对业余作者倾尽了心血，帮我改好了，出版了，这是我出的第一个小册子。

《贫农代表》出版后，获得了出乎意料的好评，周鸿俊同志写了评论《贫农代表鸣锣开道》，长春电影制片厂要拍电影。我从没这样高兴过，天天巴着盼着快把电影拍出来。一天突然接到省文联的电报，叫我马上去省文联。我匆匆赶去，领导告诉我，珠江电影制片厂领导来了，河南属中南局管，和长影协商好了，本子交给珠影拍。文联同志把我领到国际旅行社交给珠影来人。从此我和珠影结下了不解之缘，一直合作了将近二十年，尝尽了搞电影的酸甜苦辣。当时搞电影很吃香，享受高级待遇。到了国际旅行社，我没见过这么好的房子床铺，没有吃过这么好的饭菜。我住了吃了，很有点受宠若惊。珠影的洪厂长，还有蒋锐、李克昇等同志很平易近人，和我谈了改编意见。我没有搞过电影，把他们的意见奉若圣旨，他们咋说我咋改。就在国际旅行社住着改，我激动出了不少激情，一个星期就改完了一遍，打印好后专门派人送回广州珠影审查。闲着没事我就写小说，没几天写了一篇《石家新史》，《奔流》很快发表了。

没想到这篇小说惹了大祸，把我和大连黑会挂上了钩，差一

224

点完蛋了。

＊ ＊ ＊ ＊ ＊ ＊

《石家新史》写了农村一对年轻夫妻,男的憨厚,黑白不分,女的精能,自私自利。女的装了一箱子中草药,说是衣物,哄骗男人送到娘家倒卖。半路上被民兵查获,男的恍然大悟,和老婆进行了坚决斗争。这个小说我没感觉好到哪里或坏到哪里,只是写得比较接近真实生活罢了。

一天下午,省文联召开会议,传达中国作家协会大连创作会议精神。我去得早,会议室里只有于黑丁主席和李準两个人在谈着什么,见我进去,李準就兴奋地大叫:"老乔,《石家新史》写活写绝了,写得好极了!"于黑丁主席也连声说好,说是近年来河南的好作品。一个是名家权威,一个是省文联领导,两个人把这篇小说夸成了一朵花。我没有受过这么大人物的表扬,不只是受宠若惊,简直有点飘飘欲仙了。我昏头昏脑地瞎想,我怎么一家伙就成了人物?我没有修行怎么就成了神仙?会议开始了,李準传达了大连会议精神,我才明白了一二。大连会议认为原来的创作路子太窄,可写的人物局限的范围太小,只能写英雄和敌人,写来写去老是敌人破坏,英雄消灭敌人,万变不离其宗。大连会议提出了新精神,认为英雄和敌人虽然是主要矛盾,应当大写特写,可这两种人在社会上终究是少数,人民的文学在写好这两种人的同时,应当反映大多数人的生活。大多数是什么人？是不好不坏、亦好亦坏的中间人物,正确反映这些人的生活,提高这些人的素质,社会才能前进。仔细想想,这些新精神也有理,因为芸芸众生也是人民,拒绝这些人进入文艺作品,这种文学还算人民的文学吗？我写的《石家新史》恰好和芸芸众生对上了号,算是瞎猫碰上了死老鼠,李準才用劲夸奖,并不是我真会写小说了。

陪我住在郑州等剧本意见的珠影同志,看了《石家新史》,听了李準和领导对《石家新史》的评价,好像发现了一颗新星,比我还激动,认为比《贫农代表》好多了,叫我迅速改成电影剧本。我热血沸腾,只用三五天工夫就改出了初稿,珠影同志看了连声叫好,说是近年来难得的轻喜剧,改名为《左邻右舍》,打印后马上送厂里审批。

不久,厂里的意见来了,肯定了两个剧本的基础,说改好了是两个很好的剧本,叫我马上去厂里修改。我连家都没回,从郑州直接去了广州。厂里很热情,派了两个编辑专门陪我修改,我自己也得意扬扬,改了这个改那个,只想着马到成功,做梦也没想到过失败,信心十足。谁知想到的跑了,没想到的来了。这就是生活。

　　　　　＊　＊　＊　＊　＊　＊

　　到了广州,我没有看花花世界一眼,就全身心投入了修改剧
本中。成功和胜利在向我招手,再有一步就要拥抱我了。厂里上
上下下都说这两个本子基础好,个别地方小改一下就行了。同时
开拍两个剧本,想想就热血沸腾。我决心创造这个辉煌,来弥补
昔日的屈辱。于是,日日夜夜处于极度亢奋之中,不停地修改剧
本。就在这时,西峡县委给珠影厂打来了长途电话,说河南文艺
界开始批判《石家新史》了,请珠影厂做好我的思想工作,别背太
重的包袱。县委希望继续把剧本改好。老天爷,《石家新史》刚刚
被捧上天,眨眨眼就打下了地狱,快得叫人笑不及哭不及。厂领
导给我谈了话,我才知道根子在大连会议。大连会议被中央定为
黑会,主持会议的人被点名批判了,全国各地都要肃清流毒,河南
便拿我开刀了。据说西峡县委很不以为然,曾和省文联交涉,据
理力争反对批判我,说,一个农民业余作者写了小说寄给你们,你
们审查认可了才发表,出了问题怎么能把责任都推到老乔身上?
同时,你们刊物上发表了那么多作品,类似《石家新史》的也不少,
作者还都是著名作家,为什么都没有事,拿个农民业余作者开刀
有什么意思? 省文联如何回答的,我不得而知,反正是照批不误。
又过了多少年,我才明白为什么批我,是为了舍卒保车。多亏当

227

时运动不断头,批了我一阵子又转到别的运动了,我算是为河南文艺界当了一回挡箭牌。从此,我知道文责自负的意义,靠天靠地靠山都靠不住,何况表扬我写得好的只是两棵大树,运动来了,天坍地陷,两棵树自身难保,还顾得上过去自己曾经说过的话?

《石家新史》挨批是个悲剧,也算是个闹剧。石三是个没性子的人,下大雨了,他还不紧不慢地走着,别人问他咋不快一点,他说,走恁快干啥,前头也在下嘛。批判文章说这样写贫下中农是对贫下中农的极大丑化和攻击。读了文章,心想以后再写贫下中农,就写下大雨,贫下中农拼命跑,跑得越快越革命——可怜的文学!

根据《石家新史》改编的《左邻右舍》就这样死了,大家背地里都惋惜。珠影厂不错,没有因为《左邻右舍》株连《贫农代表》,叫我集中力量把《贫农代表》改好。我再也看不见成功和胜利招手了,看见的全是危险了,下雨走慢点碍住社会主义啥了,怎么说声批就成毒草了? 同时,对珠影厂感恩戴德,河南批我时,我怕把我当成罪人看待,"开销"我叫我回家去,我还怎样活人? 没想到珠影厂这么宽大。我决心改好《贫农代表》来报答珠影厂,只是每写几句话就不由想起《石家新史》的悲惨结果,便生出了能叫平安过别叫闯了祸的想法,再也不敢该怎么写就怎么写了。

知识分子往往事情想得简单化,上级说什么相信什么。上级说《贫农代表》问题不大,我就相信问题不大;上级说好改,我就相信好改。可是,很小的问题改起来就成了很大的问题。剧本里有个细节,中农刘财把自己小片荒地里的石头扔到集体地里,贫农王祥看见了不依,把石头又扔回到刘财的小片荒地里,两个人发生了争斗。就这几块石头的事,分析来分析去分析成了事关革命成败的大事。有的说这是资本主义道路向社会主义道路的猖狂进攻,应该坚决斗争,要斗倒斗臭,不能温情;有的说,中农是团结的对象,是朋友,打击中农就是把中农推向敌人那边,就是对敌人的多情。公说公有理,婆说婆有理,只有我没理了。明明说的是王祥和刘财两个具体的人,一写到纸上便变成了两个阶级的大是大非生死斗争,这就是当时流行的典型论。我束手无策,珠影厂的领导也不敢自作主张,往往为了一个很小的细节就得请示中南局。剧本修改遇到了重大困难,每个字都是一座难以翻越的山。

为了改好本子,厂里不惜花费重金,组织二十多人的修改班子,由厂领导带队深入河南农村,边生活边修改。我这人没写过电影,没有写电影的水平,却有改电影的德行,叫咋改就咋改,听话得很。不是真心想听,是不听不中,写电影不仅别人抬举,还有碗不错的饭可吃,不改就什么都没有了。

经过两年多的反复修改,到了一九六六年夏天剧本终于通过了。厂里正式成立了摄制组,下河南选了外景地,借调了演员,万事齐备,只等买车票出发了。谁知"文化革命"开始了,一切都停了。电影厂是知识分子成堆的地方,是运动的重点,中南局宣传部葛部长亲自坐镇领导。葛部长很随和,我们一同在食堂排队买饭,饭后一同散步。他说,你别急,这运动也就一个月,请你也参加,给厂里提提意见,等运动结束了和摄制组一同回去。我高兴地答应了,因为能和摄制组一路回家,不仅路上有人给买车票,也算是荣归故里了。

我在厂里参加了"文化革命",才开头学习有关文件,虽说革命并不轰轰烈烈,只是批判什么修正主义和资本主义情调,听听也挺有理,厂里放映了许多电影片子,组织大家讨论批判。大家都不右,发言都革命得很。我虽不是厂里正式干部,却比正式干部还正式,积极觉悟得很,写了一篇批判《舞台姐妹》的文章,有两千多字,送到《羊城晚报》很快就发表了。工作队表扬了我,我也认为自己用实际行动批判了资产阶级文艺路线,捍卫了无产阶级文艺路线。每天和厂里的同志一道学习,不久,就不再空对空了,而是针对具体人开展斗争了。葛部长说过不了一个月运动就结束了,谁知一个月还不够,葛部长自己也被火烧了、炮轰了,厂里乱了套,乱得没人管我吃饭了,我只好回家了。

＊＊＊＊＊＊

我在珠影厂又写大字报，又给报纸写批判文章，又参加批斗会，义愤过怒吼过，很革命了一阵。不过都是革别人的命，从心眼里认为这革命好得很，再不革命就要亡党亡国亡自己了。盖三间草房还得几个月，革命容易得很、快得很，不过一二十天就把旧秩序打乱了。珠影厂的花名册上没有我的名字，不在编，我在珠影厂一个月领六十块钱，是领导批的，现在领导不当领导了，我领不来六十块钱了，只得开路回家了。

我告别了广州，坐上北去的火车，虽然下个月没钱了，心里却没一丝一毫怨言，只想着这运动如何如何的好，不运动如何如何不得了。回想写电影这几年的生活，住高级宾馆，顿顿吃细米白面还有肉，出出进进坐小车，还吸带锡纸的纸烟，自己变成了啥人？标标准准成了跑在资本主义路上的资产阶级。把自己这样一想，就吓得头皮发麻。又想党真好，真英明，及时挽救了国家也挽救了自己。无心看沿路的风光，一心想着回家后如何改造自己，重新做人，重新和群众打成一片，做一个无产阶级的文艺战士。在火车上汽车上只想如何脱胎换骨，唯独没有想过革命叫不叫准不准自己脱胎换骨。

这天上午到家，村里人都来看我，打听城里的情况。这时，乡

231

里才宣传还没有动作。我讲了城里的情况,讲了为啥要"文化革命",大家听了对别的都不感兴趣,唯独对城里人天天吃白馍感到莫大愤慨,说天天吃白馍还不算资产阶级?划个地主都不亏,再不革命革命他们还敢顿顿吃肉哩。群众的义愤更坚定了我彻底改造自己的决心。

下午,我叫老婆给我理发,把留的分头推成了平头。我家买有理发推子,原来我在家时,除了给孩子推头,也给邻居理发。乡下的男人都是光头。我没给珠影厂写剧本时也是光头。当时,城里人有地位的人至少是老师学生才留头,叫分头,也叫洋头,还叫洋楼。老婆不想叫我推光,好像留着比别人多少高贵一点。我给她讲了推光的好处,我说,我回来要改造自己,群众都是光头,咱也推成光头才能和群众打成一片。老婆答应了,在南山墙头推的,也没院墙,有的人来看稀罕,大惊小怪地说,嘿,咋把洋楼扒了?一扒不和我们一样了?我笑道,就是要和你们一样。

万万没有想到,头上的"洋楼"一扒扒出了大祸,从此交了厄运,受尽了人间的折磨。

＊　＊　＊　＊　＊　＊

我们北堂大队解放以来都是县委的重点,我们生产队又是大队的重点,算得上全县第一队了。全县第一队阶级斗争自然抓得

232

紧,十几年培养了不少火眼金睛。有人见我把洋头推成了光头就绷紧了阶级斗争这根弦。洋头是比老百姓泥巴腿高贵的标志,绝不会放着排场不排场无缘无故扒了洋楼,内中一定有鬼,说没鬼是你麻痹,警惕一下就能看见鬼了。第一天,说,广州到底是广州,城市大,人能,"文化大革命"一革命就查出乔典运是个地主,不叫他写稿了。第二天升了一级,说,乔典运写的东西犯了大法,被广州公安抓起来关到监里了。第三天更玄乎了,说,广州好下雨,这天夜里风大雨急,站岗的兵淋得睁不开眼,乔典运就翻墙头偷跑回来了。这故事越编越圆,在村里悄悄流传。

　　当时我还不知道这些有关我的敌情,还在跟着村里革命群众闹革命。那时我才三十多岁,我的同龄人都待我很好,他们说我识字多,又见过大世面,知道革命咋搞,一定叫我参加他们的革命队伍。刚开始是"破四旧",几十个人的队伍敲锣打鼓挨家挨户找"四旧",谁家房顶上安有脊兽,就搬梯子上去砸了;谁家椅子上刻有花纹也砸了。后来没啥砸了,谁家的盆上碗上有图案也砸,被子上有印花也撕。无产阶级是严肃的,不允许花里胡哨,凡是有多种颜色拼成的东西都要破。好好的东西把它砸了,心里老不是味。我跟在队伍后边越想越不对。想劝劝别这样干,不敢,因为到处都这样干,我要说这不对,等于宣布自己反对革命。我想不参加溜了,也不敢,怕说自己不识抬举逃避革命。我也深知参加"破四旧"对自己不利,破住谁谁都不满。革命群众不怕,自己成分不好,搞不好会迁怒到自己头上。

果然不出所料,没有几天,我又跟革命队伍去"破四旧",村里有人去县城请来了革命派,从后面抄了我的家,把我家翻了个底朝天,把屋里所有的书和稿子全作为"四旧"用拉车拉跑了。"文化革命"前我爱买书,还多是精装。我破完别人回家一看片纸没留,顿时傻脸了。城里革命派不仅抄了家拉走了书,还在门口墙上贴了一张勒令,一令我老老实实,二令我老婆退出草袋厂。草袋厂是队里办的,很苦很累,鸡叫起来半夜才睡,不叫干正好。问题是被这一"革命",我便威信扫地了。人家是城里的人啥不知道,人家来抄乔典运的家,肯定他问题大得很,看起来说他是从广州偷跑回来的一点也不假。这种断定一家传一家,马上人们见我就绕开走了,再也不叫我跟着革命了。

* * * * * *

是福不是祸,是祸躲不过。顾名思义,"文化革命"是革文化的命。我在村里算得上文化人,不革我的命革谁的命?何况我的成分不好,"破四旧"时又得罪过人,论公论私都轻饶不了我。当运动进入批斗时,村里就拿我祭神了。不过,革命才开始,几千年养成的人性还没有彻底消灭,人们的良知还在时不时挣扎,因而对我的批判就有点假,有点应付公事。大队支书事前还给我做了

234

思想工作,说,这是运动,不批一下不好交代。意思是叫我配合,演出戏叫上级看看。支书这话我信,因为支书对我特别好,平日县里来了领导在他家吃饭,总是叫我去陪,很是高看我。我在珠影改电影时,他天天去我家问冷问暖,关怀得无微不至。人有恩于我不可或忘,我成年想报答没有机会,现在可有了,为了他当好红脸忠臣这个角色,我心甘情愿扮演个白脸奸臣,让群众批一场。我想,反正是假批,只当玩一个下午有啥了不起。不过,心底深处还是不服,我怎么了? 我没当官,又没做坏事,我步步紧跟党,连小片荒都没开过一巴掌,骨头砸碎也没有资产阶级,为啥非批我不中? 委屈是委屈,胳膊扭不过大腿,还是响应党的号召走上了挨批的台子。

批判会在学校教室里举行。群众先集中,支书动员好了才喊我去。我走近教室时,只听里面群情激愤,口号声不断,我不由瘫了。我硬着头皮走进了教室,人们马上合住了嘴,低下了头,静得像深山古庙。看得出来,人们都不好意思了,平常抬头不见低头见,背地里说说可以,面对面确实难以撕破脸皮。支书让大家发言,没有人响应。支书点名让讲,还是都推却了。会议冷场了很长时间,我站在台上颇有点暗自得意,心想,相信群众相信党这话一点也不错,我没干什么坏事,上级叫批群众也不批。我正在想着有人站起来发言了。这个人姓董,是从湖北请来的水稻技术员,都喊他老董。老董虽是请来的,却一点也不像客,做活儿比本

235

队社员还吃苦耐劳,算得上一个真正的共产党员,大家都很尊重他。到如今我还不清楚老董带头批我的动机,他的发言却叫我终生难忘。他站起来说,大家都看过戏,关公是啥胡子?刘备是啥胡子?张飞是啥胡子?老黄忠是啥胡子?他自问自答了一大串胡子问题,突然把话锋一转又问,大家看看乔典运啥胡子?黄的。大家想想,戏上戴黄胡子的有几个好人?这一年我三十五岁,下巴上有了不少胡子,只想着和群众打成一片,除了理发平常不刮胡子,我对胡子宽大,让它随便长,没想到胡子竟然忘恩负义,证明我是坏人。这一场批判围绕着胡子的颜色问题,展开了争论,好像和我无关,也没打倒之类的口号,倒也文明,我只是站了一个下午,心里还挺阿 Q,为了革命需要批一下算啥?

* * * * * *

从批判会上下来,我又好气又好笑,胡子能说明什么问题?为什么大做胡子的文章?再一想宽心了,没有实质性问题,只好在形式上玩花样子,这算什么批判会,不伤筋动骨,连恶眉瞪眼都没有,演一场闹剧罢了。很快我就发觉我看错了秤,有些事形式比内容还重要。虽然这场批判会没有实质内容,重要的是开了个头,有了初一自然就有初二初三初四……这场批判会告诉人们一个信息,乔典运可以批,批了也没事。于是,各种有关我的谣言、大字报铺天盖地压过来。我从广州回来是真心诚意想改造自己的,没想到会成为斗争的对象,我委屈冤枉得要命。我认为这违背政策,也不符合"文化革命"十六条,我去找支书,支书说,这是造反派的事,他管不了。我知道得清清楚楚,大队几个造反派头头都是支书的亲信,都受他操纵,他说管不了是假,想拿我开刀是真。到了这个时候,我还不知道自己哪一点得罪了支书。

这时候县委已经被打倒了,军队开始介入了。万般无奈,我给兵役局马局长写了封信,说了我的情况,以带病回乡军人身份向他求助,求他把我从危难中解救出来。还真灵,没几天马局长亲自到我们大队来了,给支书和造反派头头说,你们是怎么搞的,好像揪住乔典运不放就是"文化大革命"了,大方向错了,你们不要再批斗他了,我们了解他,没有问题。大队支书和造反派头头这时还不敢反对军队,便不再找我的事了,把我交给生产队长处理。队长还是我告过密的那位远房姑父,他一点也不记前仇,给我说,你去小沟放牛吧。小沟是一条人烟稀少的深山小沟,离我们村十来里远,路上杂草丛生,一步能踏出几条蛇,人迹罕至。我想这是条避风沟,就高兴地答应了。队里还派了个小青年,叫王光有,和我做伴,赶着十几头牛去了。在小沟深处有家姓张的,队里租他两间草房做牛圈,在草屋的梁上搭了个棚铺,牛住下面,我们住上面。吃饭自己做,偶尔家里也送点好吃的。

每天一早,我们就起床了,把牛赶到房后的山上放牧,我和王光有坐在山尖上,看牛吃着青草随意走去,好不自在。一坐一晌,实在无味,我就放礌石,就是把一个大石头从山顶推下去。大石头越滚动威力越大,小草被压趴下了,小树被砸断了,一路哐哐哐地响着,到了沟底一声轰鸣之后才安生了。我们搬了一大堆石头,放了一个再放一个,很是开心。当时没有书看,也不能随便说话,只有以此为乐了。放了几天礌石之后,不知为什么又想到了被压倒的小草、砸断了的小树,它们为什么会突然遭此大难,不就是因为我要寻开心吗?再想到自己和千千万万被批斗者的不幸,是不是也有人为了寻开心?想到这里就再也不放礌石了。

＊ ＊ ＊ ＊ ＊ ＊

为了自己开心一笑,就放礌石砸死了无数小草,砸断了许多小树,它们被无辜伤害了又无言抗争,我不由想到自己和它们相同的命运,就再也不放礌石了。每天把牛赶到山上就再也没事了,坐到山尖上看蓝天白云,看莽莽林海,听百鸟唱歌,听山风呼号,日子里满是诗情画意。一天又一天,天天诗情画意就不诗情画意了。没书读,没报看,没人谈心,才开头还想想山下的革命斗争,天长日久也不想了,脑子里一片空白,这时候才明白什么叫流放。有时也阿Q一下,安慰自己说,这多好,回归自然了。再一想,回归说明了不在自然中,偶尔回一下挺新鲜,要是天天在自然

238

中心里必然会老不自然。我闲不住老想干点什么,充实空白日子。能干什么呢?想来想去终于想出了一件事,给沟里的人理发。

小沟有十里长,住着五六户人家,户与户之间相隔一里多路。说是个生产组,实际上只有门前屋后巴掌大几块地,日子过得都很清苦,头发长长了互相换着剃,每剃一次,头上都少不了长道短道流血,看着怪可怜的。我回家把推子拿来,每天把牛赶上山以后,就下山跑到各家各户给他们推头。才开头他们不让推,问推一个头多少钱?我说不要钱。他们才让我推了。推头比剃头舒服,不疼。当时是夏天,我十天半月就给他们每人推一次。天数长了,我们之间便有了感情。山里人开会少,离革命远,只讲良心,不讲觉悟,我给他们理了一段时间的头发,他们都说我是个好人,不应当批我,不应当叫我来放牛。听他们这样讲我就害怕,他们这样是反对造反派,反对造反派就是反革命,我可担不起这个罪名。我就求他们别说我是个好人,我说我该批,我该上山放牛。他们怕我吓坏了,就不再说我好了,却用行动来关心我,谁家偶尔吃点好的,就来拉我去吃一顿。山里人日子苦,所谓好吃的,就是烙馍、面条。我吃了这一份,他们就少吃几口,我这样想着就吃得很不是味。这几户人家都很朴实,很重情分,多少年过去了我们还有来往。只有一家我没去过,也没给他家理过发。他住在沟口,是个护林员,我上山放牛的第一天,他就专门找到我,劈头就

239

说,你给我小心点,别认为山里就没有人管你了,这里也是革命的天下,训得我不知所以。住的天数长了,沟里的群众给我说,这人成天想革命,革命了才能使厉害,也很大义灭亲,连他亲妹夫也不轻饶,被他整得死去活来。我听了就更加怕他,每次看见他离老远我就藏了。谁知是福不是祸,是祸躲不过,后来,这人真是在我身上革命了一家伙。

* * * * * *

小沟有大山有小溪,山是青的,水是绿的,蛇在脚下游,松鼠在头上飞,多见树木少见人。我就是在这世外桃源里,指望能躲过是非福祸,谁知革命也不放过我,很快就从山下追上来了。

先是来了几位外调的,调查薛天炳。他当过文化馆馆长和剧团团长,出身好,又是党员,正宗的革命干部。当时没有文联,抓创作是文化馆的事,我们便有了业务往来。他是个很正派的人,对人忠厚,很讲友情。我不知道他犯了哪条革命的王法,调查组逼着叫我揭发他,说包庇他的人绝没有好下场。我想来想去也想不出薛天炳哪一点坏了革命的事,我说我没啥揭发。调查组从上午一直盘问到下午,一时哄我一时整我,我看不多少说几句过不了关,就说薛天炳太听上级的话,上级说什么他就听什么,一点也不打折扣。调查组气得嗷嗷叫,说我美化走资派。我说,我不是美化，是揭发是批判。调查组说，这能算是罪恶？我说，可是的，他这是标标准准的奴隶主义，听修正主义的话，能不算罪恶？调查组没文化，听我说得也有理，只好悻悻地走了。

我上山几个月了，山下什么样子一点也不知道，调查组来了，我才知道山下的世界已经不成世界了。薛天炳出身和历史四面净八面光，对党忠诚，工作积极，这样的好人都罪该万死了，我心里不由升起了一股怒气，再想想自己就更加悲哀了。

外调的人是一种革命，还有一种革命更怕人。一天，有人给我捎信，说乔思中第二天要来找我，商量革命的事。我一听吓得头皮都麻了。乔思中是楼上生产队的社员，才下学的高中毕业生，读书读愚了，他认为这样乱打乱砸国家非毁了不中，写了个国策，说怎样才能把国家治好，寄给了毛主席，毛主席没有回信，他又抄了一份寄给了刘少奇。不久，刘少奇被打倒了，抄出了这封信，从刘少奇办公室里抄出的信当然是反革命的了。这信就一级一级传下来，要抓这个和刘少奇勾结的反革命分子。公安局派人到大队了解他的情况，大队支书看他年轻，家庭成分又好，就想保他过关。公安局的人把他叫到大队审问，支书说他是神经病。他一听怒气冲冲，说自己不是神经病，说支书才是神经病。人们喝酒，不醉的才说自己醉了，醉了的人才坚持说自己不醉。公安局的人根据这个推理，认为他真是神经病，便饶了这个钦犯。他不思悔改，还到处说天下兴亡、匹夫有责，他说他还要继续给中央写信。人们都说他是疯子，听说他要找我，我就害怕。他能当神经病，我可没当神经病这个福分，沾住他定有杀身之祸。第二天，我把牛赶到山顶上，我躲在山林里，一天没下山。乔思中没找着我走了，我暗自庆幸自己又躲过了这个灾星。

* * * * * *

好景不长，转眼到了冬初，西北风起了，刮得树叶落，青草枯了，放牧的季节结束了。牛得入圈了，我也该入笼了。想到山下的火红斗争，我好像不是要回家，而是要奔赴刑场了，颇有点视归如死的悲凉味道。几个月来与牛为友，与蛇同行，树木不和我斗，百鸟不对我凶，对这近似原始社会的生活生发出无限留恋，恋也无济于事，终于硬着头皮赶着膘满体壮的牛群下山了。走在弯弯曲曲的小路上，大蛇小蛇在我脚下游来游去，我小心翼翼地避开它们。我不伤害它们，它们也不伤害我，各走各的路，相安无事。我不由想到了人，人和人相处会互不伤害吗？人为什么不能这样？为什么人和人相处比和蛇相处难得多险得多？人啊，为什么不能多点善心？

老婆娃子竟然用笑脸迎接我，我感到奇怪，这年月怎么还会笑？有什么值得笑的？老婆看我一脸害怕，就说别怕，没事，兵役局马局长的话还灵着，没人再敢找咱的事。我放心了，这天夜里我就知道了详情，从城里到乡里两派斗得很欢，党和政府都叫夺了权，解放军当家了，两派都争取解放军的支持，因而，马局长给我定的调子没人反抗，我身上算贴了一张护身符，暂得一时平安。

不断传来武斗枪战的消息，形势越来越紧张，我担心有一天解放军也不灵了，我该怎么办？我给老婆说，咱们得赶紧把草房换成瓦房。我家住的草房，年代太久了，已经不挡风遮雨了，逢到连阴天，外面大下，屋里小下。老婆老早都吵着要扒草房换瓦房，我对这事没一点点兴趣，心想对付着住就行了，村里多数群众住着草房，自己成分不好，如果先住上瓦房，别人会不会说地主还是地主？为了怕影响不好，一直拖着没换瓦房，房子漏了就插补插补。这是个技术活儿，自己不会，一年到头要请邻居帮忙。老婆听我说要换瓦房，不解地反说，早点没事时不换，现在正是多事的时候要换了？我说，你懂个屁，以前早晚漏了能找来人修补，要是整住了咱去找谁修补？一家六口人连个避雨处都没有了。老婆想想也是这个理，于是，我们就扒了草房盖瓦房。当时物价便宜，一百八十元就能把三间草房换成瓦房。村里起梁盖屋全村的都会来看热闹，我家也不例外。来的人都说我这几年美了发了，说了许多恭维话，还咂咂嘴，说还是识字人有福，新旧社会都能住瓦房。听了这话，我心里像喝了一碗醋外加一碗黄连。别人是发了盖房子，我是走到穷途末路了才盖房子，盖好了一家人总算有个哭的地方。这话又说不出口，苦在心里还要陪着看热闹的人干笑几声,活人真难!

* * * * * *

　　人,不论达官贵人或庶民百姓,到了穷途末路什么罪都能受,不能受的罪也能受也会受也得受。

　　这年冬天,我家断了火,过上了燧人氏钻木取火之前的生活。当时遍地是"怒火""战火""火烧",唯独没有火柴,不是没一点,是很少,供不应求,凭脸供应,偏偏当时我已没一点点脸了,供销社的人也斗过我,他们绝不会卖给我一根火柴。要做饭就得上邻居家点火,问题就出在这里,前后左右邻居家都受到郑重警告,也是前途教育,要和乔典运家划清界限、断绝来往,和反革命来往的人只能也是反革命,肯定也会享受反革命的待遇。去谁家点火?才开始叫大女儿去点火,人家也不是不叫点火,是她要到门前了,人家马上关门闭户,女儿哭了几次再也不去点火了。寒冬腊月,下着大雪,滴水成冰,一家人只好吃生红薯吃生红薯干,我老婆还能忍耐,几个孩子饿了就哭,要吃顿熟食,哭得揪心还得吃生食。人类文明从有火开始,我生为现代人,却要退回过几万年以前没火的日子,也照样过了,看起来人的生活没有标准可言,什么福都能享,什么罪都能受。这种没火的日子过了一个月,或许多几天或许少几天。有一天我担大粪走在路上,迎面碰见了同队社员王

244

铁林,他专职给供销社进货。我们从没来往过,连话都很少说过。以前我过得像个人时,逢年过节请客时没请过他,我也没有进过他的家门。当我们擦身而过时,他忽然塞给我一盒火柴,我眼睛一亮,像在寒冬里看到了灿烂的阳光,我惊呆了,我想说"谢谢你",他说声"走你的",我没走他可扬长走了。还没收工,我继续担着大粪,可我激动得直想狂呼,因为我口袋里装着巨大的喜悦,王铁林一下子把我从几万年、几十万年以前又拉了回来,我又能吃熟食了,今天夜里就能吃了。一盒火柴两分钱,两分钱就能使原始人飞跃成现代人。这两分钱的价值绝不能用金钱计价,这是人类的同情,是人类的善良,是人还没有变成动物的证明。

这天收工,我三步并作两步跑回家,我给老婆娃子说,咱们又有火了,今天夜里就能吃熟食了。我的狂喜大概比范进中举的狂喜不差多少,只是没疯,不敢疯;我老婆也没像范进岳父一样打我耳光,不敢打。火给一家人带来了温暖,带来了熟食,带来了人的生活。这盒火柴用了几个月,每天做了饭都在锅底下埋个火炭,为的是下顿尽量不用火柴。

直到今天,我们一家还感念王铁林的恩情,常常念诵。我常常想到如何为人待人,村里本来有很多朋友,到危难时能助一把的往往不是朋友而是路人,我绝不是埋怨朋友们不伸手拉我一把,埋怨是不道德的,难道想叫朋友们受株连,也像我一样挨打受气吃生食?自己不想过的日子,为什么要拉别人和自己一样去过？我没有埋怨和责怪的意思,只是长了一点见识,对朋友要待之以诚,竭诚相待;对不是朋友的路人也要像对朋友一样待之以诚,竭诚相待,来日难测啊!

* * * * * *

得了一盒火柴,喜从天降。老天爷看我笑了,马上又叫我哭。

这天夜里去上营打谷子,队里交公粮用的。上营离我们队五里多路,当中要经过一条河。稻谷早送去了,我们是空手去加工的。我吃了顿熟食,肚里热乎乎的,只是天上下着小雪,刮着西北风,虽说穿着棉袄棉裤,也冻得人直发抖。我们一行十来个人,别人都在骂爹骂娘骂队长不该大冷天派他们出工,说他们没面子不会拍马屁,几千公斤谷子得打一夜,想把他们活活冻死。就我一个没骂,因为就我一个是批斗对象,不敢骂。我一边听着,一边把他们想了一遍,果真不错,这十来个人中没一个是和干部沾亲带故的,清一色都是队里最底层的社员。我从心底同情他们,因为他们过得不比我强多少,如果按顺序排号的话,我紧挨着他们的号。他们并不这样想,有人骂娘,说,日他妈,把咱们看成啥人?把咱们看成了和乔典运一类的人。这话使我心疼,可这不怨我,不是我想高攀他们。当然也不怨他们,是他们在队里的地位仅仅比我在上,除了我没有比他们再低的人了。

246

我心里不服,和我一类怎么了?你们不是在骂队长不能平等对待你们吗?你们为什么不能平等待我?这时正在过河,没有桥,是踏石,心里愤愤不平,脚下一不小心跌了一跤,跌到了水里,人们听见响声,一齐惊呼:谁?当回头看见是我时都闭上了口。我从水里站起来,浑身上下棉袄棉裤都湿透了。不是夏天,是滴水成冰的冬天,我只觉着冷气刺骨扎心,我抬起头乞求地看着人们,我相信他们会发了慈悲,因为他们也是人,也是低等人。领队的副队长开口了,吞吞吐吐地说:叫他回去吧,回去换换衣服再赶快去。这人是个外来户,平常胆小怕事,说得理不直气不壮,说时还看着众人的眼色。一个姓李的年轻人马上驳斥道,为啥叫他回去,又不是谁把他推到河里的,他跌跤他愿跌,他回去他那份活儿谁替他干?对个反革命分子比对个妈还关心,我们也冷得很咋办?副队长不敢吭了,再也没人说话了。我只得继续跟着走,没有多远,棉衣外边就结冰了,走路时互相摩擦发出了刺刺啦啦的响声。可能是因为我浑身上下结了冰,一路上再没人喊冷了。

到了上营,发觉来早了,别的队还没打完,叫我们先等着。我们队里的人在外边拿了几捆玉谷秆,钻进机房里生着大火,围着烤火取暖。人们不让我进去,说机房是重地,反革命不能乱进。我只好在机房外边靠墙蹲着,承受着风雪的袭击,结了冰的棉衣快把我冻成一块了。人们在屋里烤着火,说着笑着,那种愤愤不平一扫而净了。偶尔有人出来解小手,乜斜我一眼就匆匆进去

247

了。他们好高兴，大概和我比比，发觉自己比别人还强，有的人还不如自己，此时此地虽是万人之下却是一人之上，便有几分自我得意，便笑得开心了。

这一夜我好冷啊，一辈子经过的冷加在一起也没这一夜冷。身子冷，心更冷。

* * * * * *

转眼到了第二年春天，日子越发难过了。我在队里担大粪，虽说一人干了过去三个棒劳力才能干完的活儿，却不给记工分。工分工分，社员命根，吃喝花钱全靠工分。会上，次次不给我评，我冒死问了一次，挨了当头一棒，当权者说，你是劳动改造，不问你要改造费都便宜你了，要是给你评工记分，你不和大家一样了，劳动光荣和劳动改造还有啥区别？我不敢往下争辩了，细想想也有理，我劳动没工分，大家劳动起来才光荣才有劲，别看同是做活儿，又做的同样活儿，要是同工同酬，还指望啥膨胀革命群众的优越感？可怜我一家六口人，全指老婆的七分度日，不仅分的粮食少，连盐也吃不起了。当时想，一个月要能弄五块钱就算进天堂了。一次实在憋不过去了，剪下大女儿的头发辫卖了称盐吃，才吃了几天咸饭。

天无绝人之路，就在我贫困交加之时，军马河公社猴上天的

248

陈三迁老汉来了。前边说过,他是深山里的一个单干户,吃食堂时曾捐给生产队食堂几千斤粮食,也曾接济附近的干部群众。我和省里的郑作家采访过他。没想到他会来。已经很久很久没人进过我家的门了,他的到来我又怕又喜,怕的是犯了禁,我家是不准和外人接触的,喜的是竟然也有了客,还是几代贫农,使我家也沾了点革命味。我说,我现在是"分子",别给你带了灾。陈三迁七十多岁了,身体硬朗,哈哈一笑说,你要还在台上我还不来哩,就是听说你遭难了,才专门来看看你……他不怕受牵连就住下了。他给我家添了几年来没有过的欢乐,孩子们都围着他叫陈爷爷,好像他是来自天堂的使者。

　　陈三迁送给我一个还没开包的麝香包子,也就是獐子蛋。这东西能治很多病,是一种珍贵值钱的中药。他再三嘱咐我,现在这玩意儿不多了,你千万保管好,以后用时割开了要包好,千万别叫跑气了。我如获至宝,千谢万谢收拾到墙洞里,洞外边糊上了纸。他又掏出一个割开的獐子蛋,给我掰了一小块,顿时满屋香气扑鼻,他说,这一点你先在有用的地方用了,那个囫囵的别开包。我一一答应了。他在我家住了三天,听说我家前一段时间吃生食,就去供销社给我买了一包火柴。我很纳闷,他不是本地人,没有面子,怎么能买来火柴?老汉笑笑拍拍口袋,神秘地说,不怕他不卖,给他掰一块麝香,两毛钱的火柴,我给他一块钱的东西,他笑眯眯地干了。

没多久,实在需要钱,叫大女儿把麝香包子拿到县城去卖,药材店给二十元没卖。又停了几天,一天都憋不过去了,又叫大女儿拿去卖,还是那个药材门市,只给十二元。十二元也卖了。多少年过去了,常后悔不该卖了,事后的后悔解救不了当时的燃眉之急。到了今天,还觉着有负陈老汉的美意。

* * * * * *

这时,知识青年下乡了。

知识青年下乡,给农村注入了鲜活的力量,这群天真的青年原来充满了幻想,下乡使他们从梦中醒来,"文化革命"原来如此。乡下的老百姓还在敬神,知识青年帮他们破除了迷信,遇事不再五体投地了。我们大队也来了三十多个下乡知青,我们生产队分了七八个,他们天不怕地不怕敢把皇帝拉下马的天数长了,养成一种对人对事不在话下的习惯,大队干部虽想收拾他们可又怕他们,遇事便有了几分顾忌。

知识青年和我发生直接关系,是在一次劳动中。当时,个人的猪圈粪也是公家的。一次,队里派几个知青来我家出猪圈,劳动中他们嘻嘻哈哈,一个姓李的知青一镢头下去,先是削掉了大白猪一个耳朵,下去又砸烂了石头猪槽。他们几个都怔了,姓李的知青更是愣了,当时很穷,猪和猪槽是一家人的家产,不是全部

250

至少也是大部分。这时我担大粪回家,看了正流血的猪,看了已经破烂的猪槽,一阵心疼。他们自知理亏问我怎么办,还吞吞吐吐问咋赔。他们的神态弄得我好感动,我算个什么东西,竟在我面前表示理亏,久违了,这种情况多年不见了。我原想着他们会无理取闹,杀了我的猪还叫我拿柴拿盐煮了叫他们吃,他们竟没有,还要赔,我真真被打动了。我淡淡地说:赔啥,你们又不是故意的,谁没个失手的时候。他们没再说什么就收工了,我透过他们的背看到了他们的尴尬,我想,良知还在,他们会有作为的。

* * * * * *

自从出猪圈的事出来以后,队里几个知青和我近了许多,在外边遇上了总要给我打个招呼,还经常到我家坐坐说说闲话。村里人可不敢这样待我。我也害怕,要是扣我个拉拢腐蚀知识青年的罪名,那又罪该万死了。我不敢明说叫他们别理我,就拐弯抹角地说了利害关系。他们全不当回事,说,怕啥!革命和反革命说句话,革命就变成了反革命,这革命也太不革命了。后来听说他们挨了批评,说他们不该没立场,和反革命来往,他们顶了几句,反说,不来往咋知道他干了什么反革命勾当?咋斗争他?堂堂革命派为啥恁怕个反革命?为啥把他包住盖住?难道他这反革命是假的不成?大队革委会无可奈何,看他们不思悔改继续和我来往,怕天长日久坏了知青的革命性,就来个釜底抽薪,把我派到石龙堰水泵站工地劳改去了。

石龙堰水泵站原来叫别公堰,是别廷芳修的。别廷芳是宛西十三县的民团司令,统治了西峡几十年,除了剥削压迫老百姓外,还杀过共产党员。这个人搞地方自治、治河改地、植树造林、兴办教育,做了不少收买民心的事。他在石门修了拦河坝把水拦住,又修了条直通县城的大渠,引水入城,沿途浇了上万亩良田,有名的九月寒大米就产在这里。水到县城后又发了电,除了供他的造枪厂轧米厂用电外,还供县城照明。当时南阳府都没有电,唯独西峡有电。南阳专员为了表扬别廷芳,就把这个坝这个渠命名为别公堰。

解放后这条渠还在浇地还在发电,造成了很坏的影响。虽然不断进行阶级教育,控诉揭发别廷芳的累累罪恶,可是有些落后群众仍不觉悟,和基层干部一吵架就说,烧球你烧,到现在还是吃人家老别一碗饭。"文化革命"开始后,有人提出要长人民志气,要扫敌人威风。具体到石龙堰,就是要重修一条大渠,水要往高处走,要比原来高走二十米。渠要往远处开,要浇内乡镇平南阳,誓与老别一比高低。

这个雄伟设想立马得到了各级革命派的认同,于是拨款拨物调动全县劳力投入了这场压倒别廷芳的人民战争。打了几年人民战争,千军万马不声不响撤走了,沿高山峻岭修的转山渠不知

252

费了多少工投了多少钱,一场大雨之后,所有的渠道不是被冲垮就是被淤平了。当政者还不死心,仍要打持久战,只是调不动全县民工了。

我们大队为了显示自己比全县觉悟高,揽下了这个千秋大业。大队在工地上盖上草棚,成立了民工连,抽调一百多人在这里苦战。我家离工地十五里,我吃住都在工地。这里管理很严格,一切都军事化。大队治安主任乔九运在这里当头头。他曾说,毛主席是全国的红太阳,我就是水泵站小红太阳。这里伙食不错,除了自带口粮,生产队一天还补助一斤粮食,一顿能吃一个白馍。我很高兴,因为和白馍分别的日子太久了,久别如新婚,吃第一顿饭我就认为我掉到福窝里了。

水泵站的劳力来自各生产队,多数我不认识。这些人大致分两类:一类是憨傻二百五,在队里没有用;一类是能说会道能踢能咬的人,使着不顺心不顺手,才派他们出官差。我在工地和别人不同,属于专政对象,只能老老实实劳动改造,不准乱说乱动。给我分的工是抬石头。有两牛石头,有四牛石头,有八牛石头,也就是两个人抬的,四个人抬的,八个人抬的。这种活儿一个人做不成,起码是两个人,治安主任宣布,和我一根杠子的就是我的领导,监督我的一举一动。我自知身份低下卑贱,早早晚晚绝对服从,绝不反抗对抗。领导们爱歇,抬一个石头能坐下歇半晌,我也不敢催,想积极也积极不成,只好陪着领导。领导坐我也坐,领导

253

吸烟我也吸,吃白馍又得歇,歇也不用自己负责,这日子挺不错的。我托了领导的福,我感激领导,抬杠中心有个良心印,圈套应放在印上,这样两个人的负重才平等,可是每次起抬时我都把套绳往我这头拉拉,叫领导负重轻一点,作为对领导的报答。一次两次,工地上都知道我爱多抬一点,都想和我抬一根杠子,争着当我的领导。

* * * * * *

工地上没有电,没灯照明。下午早早收工吃饭,吃了饭不少人就回家。十来里路,做活儿人跑惯了不算什么。摸黑回去,第二天一早再赶回工地吃早饭。原来我也想回,不敢,现在也敢了,也天天夜里跑回去。晚饭工地上每人分个馍,白的,这东西过年才能吃几顿,我舍不得吃,天天夜里拿去叫孩子吃,来回跑二三十里路就为了用馍换碗稀饭喝。

仔细想想,我已经五年没有接触过文字了!不准订报刊,连语录书都没资格有,家里的旧书旧报被抄走了。除了看标语上的字,没权利看别的字,我常想我会变成文盲吗?一个偶然的机会,发觉民工小刘拿了一本书,是契诃夫短篇小说集。我打开一看,原来是抄我家时抄走的书,不知怎么流落到他手里,我不敢追回。我们不是一个生产队的,原来不认识,我求他把这本书借给我看看,他倒干脆,说,叫你看看也行,你得借给我十块钱。十块钱当时对我来说可不是个小数目,盐一角多钱一斤,我家经常十天半月不吃盐,没钱买。可是为了这本书我咬牙认了,我和老婆说通,把家里能变卖的东西都卖了,才把这本书买回来。从此,饭前饭后早晨黄昏,我都藏身在灌河边大石头背后读这本书,一遍又一遍反复读,我不觉得花十块钱吃亏,反倒还很高兴,因为我又有书读了。

契诃夫是俄国的小说大师,也是世界的小说大师,大师不写天书,写的都是人间的事,人人都能读懂。我以前也读过,不求甚解,只是看故事罢了。现在只有这一本书,只好翻来覆去读,读的遍数多了,反而读不懂了。像《一个官员的死》,两千来字,写了一个将军和一个小公务员的故事。在戏园里,小公务员坐在将军的后排,小公务员打了个喷嚏,吐沫星子喷到将军脖子上。这本是小事一桩,将军没有发火,也没有不依,小公务员却吓坏了,主动去向将军道歉。将军态度很好,说没有事,人都打喷嚏,打喷嚏都有吐沫星子。按说小公务员该放心了,可他还不放心,再次道歉,又追到将军家里道歉,将军烦了说,就为个吐沫星子,你这人怎么了?小公务员回来就吓死了。故事不复杂,很简单,又是白描,语言又十分朴素,没有故作深奥之笔,只要识几个字都读得懂。这只是表面,骨子里就难说了。

我背靠巨石,面对滔滔河水,月光泻地一片银白,明亮得阴森森的,这色彩这寂静都使人想到冥冥想到死,我被小公务员折磨得头疼,小公务员和将军一个剧场看戏可能吗? 小公务员在将军身后可能吗? 小公务员进入将军府里可能吗? 我的经历我的阅读都是绝对不可能的。可是可能了,说明了俄国这个社会还有几分麻痹,才使将军脖子里落了个吐沫星子,才有发生这个故事的可能。将军的态度出人意料的好,竟然和下人搭话,通情达理,对下人不像对下人,只是小公务员三番五次揪住吐沫星子不放之后,将军才烦了才恼了,其实也没咋恼,就是说了句重话,其实这句重话也不咋重,叫谁碰上这事都会说,你咋了,为啥揪住这个事没完没了? 将军这么好还像将军吗? 这不是歌颂将军吗? 沙皇的将军不是都张着血盆大口吗? 这难道是真的吗? 大概是的,契诃夫不会美化旧俄的。剩下的疑问就是小公务员了,你喷在将军脖子上的只是一个吐沫星子,又不是一把刀子一颗子弹,你怕的什么? 你怕也情有可原,可是你道过一次歉后,将军已经说了没有事,你为什么还怕? 将军又不知道你姓啥名谁,散了戏一散了之,你为什么还怕个没完没了? 将军又没不依你,又没问你个不敬之罪,又没暗示下级整你,对你恶了你怕,对你不恶呀,你为什么吓死了? 能吓死人的怕一定有个大来头,你为什么怕到这个程度,你的怕来自哪里?

我的不解太多了,一个接一个而来,像面前的河水滔滔流去,流个不断,百思不得其解,是契诃夫错了,还是我没读懂? 我信契

256

诃夫没错,是我太无知了不懂。这个问题折磨了我多年,一直到一九八〇年在文学讲习所才恍然了。

一九九五年

"小说家的散文"丛书

《出入山河》　　　　　　李　锐　著

《青梅》　　　　　　　　蒋　韵　著

《写给北中原的情书》　　李佩甫　著

《星斗其文，赤子其人》　汪曾祺　著

《熟悉的陌生人》　　　　李　洱　著

《一唱三叹》　　　　　　葛水平　著

《泡沫集》　　　　　　　张　欣　著

《写给母亲》　　　　　　贾平凹　著

《无论那是盛宴还是残局》弋　舟　著

《已过万重山》　　　　　周瑄璞　著

《众生》　　　　　　　　金仁顺　著

《如果爱，如果不爱》　　阿　袁　著

《故事与事故》　　　　　蒋子龙　著

《回头我就变了一根浮木》潘国灵　著

《三生有幸》　　　　　　北　乔　著

《我的热河趣事》　　　　何　申　著

《天才的背影》　　　　　陈　彦　著

《我的小井》　　　　　　乔典运　著

（以出版时间先后排序）

图书在版编目(CIP)数据

我的小井 / 乔典运著. --郑州:河南文艺出版社,2022.10
(小说家的散文)
ISBN 978-7-5559-1365-8

Ⅰ.①我… Ⅱ.①乔… Ⅲ.①散文集-中国-当代 Ⅳ.①
I267

中国版本图书馆 CIP 数据核字(2022)第 131662 号

选题策划　陈　静
编　选　晓　尘
责任编辑　陈　静
书籍设计　刘婉君
责任校对　赵红宙

出版发行　河南文艺出版社
本社地址　郑州市郑东新区祥盛街 27 号 C 座 5 楼
承印单位　河南瑞之光印刷股份有限公司
经销单位　新华书店
开　　本　787 毫米×1092 毫米　1/32
印　　张　8.5
字　　数　164 000
版　　次　2022 年 10 月第 1 版
印　　次　2022 年 10 月第 1 次印刷
定　　价　45.00 元